TROIS GALOPS POUR NOS DEUX CŒURS

Nouvelle édition

Chantal Jagu

TROIS GALOPS POUR NOS DEUX CŒURS

Roman

Nouvelle édition

Maquette couverture Kevin Le Bleis

Chantal Jagu 2015

ISBN : 978-2-9552979-2-6

Chantaljagusiteofficiel.wordpress.com

« Il y a d'immenses bonheurs dans l'écriture et tout particulièrement celui de pouvoir redessiner le monde avec d'infinies possibilités.»

Chantal Jagu

Chères lectrices, chers lecteurs,

J'ai l'immense bonheur de vous présenter, pour celles ou ceux qui ne le connaîtraient pas encore, mon tout premier roman. « Trois Galops pour nos deux cœurs ».

Sachant que la maison d'édition qui l'avait publié en 2007 a déposé le bilan et qu'il ne reste que très peu d'exemplaires en circulation, j'ai pris la décision de le republier dans une nouvelle édition et sous mon véritable nom de plume Chantal Jagu.

En le relisant, je souris et je pense à tout ce chemin parcouru en huit ans. Je remarque aussi que ma plume s'est affinée au fil des ouvrages écrits.

J'espère qu'il retiendra quand même toute votre attention sachant que ma volonté première est d'écrire pour donner du bonheur.

Selon certaines maisons d'édition, mes livres ne rentrent dans aucune catégorie, et bien tant pis, je continue à persévérer et à écrire de belles histoires pour repeindre le monde de nouvelles couleurs.

J'écris pour donner du bonheur.

Amitiés.

Chantal Jagu

Chapitre 1

L'aube se levait doucement sur Grantham. Il n'était que sept heures et demie du matin et ce nouveau jour était un samedi. La brume nimbait de son grand manteau cotonneux les toits des immeubles et constructions de la ville. On était à la sortie de l'hiver et le soleil frileusement éclairait faiblement l'est de la ville. Il commençait lui aussi sa journée et ne tarderait pas dans sa course folle à dissiper la brume sur cette grande cité. Il faisait encore frais en ce début de mars, mais le printemps n'était pas loin.

Morgane Willis était levée depuis déjà deux bonnes heures et la journée promettait d'être radieuse. Le samedi était son jour préféré et elle adorait boire son café tout en observant le réveil de la ville du haut du cinquième étage de son appartement.

Toutefois, elle n'avait pas un moment à perdre entre le ménage et les courses, car elle savait qu'elle irait retrouver sa pouliche, Lady, et qu'elles galoperaient quelques heures dans la campagne. C'est ainsi qu'elle consacrait son samedi après-midi à chevaucher et à préparer son cheval à quelques courses locales. Lady n'était pas encore prête, mais cela ne tarderait plus. Elle n'avait que six ans et Morgane rêvait de participer au grand prix d'Epsom. Elle était en quelque sorte le dernier cadeau de son grand-père puisqu'elle était la fille de l'étalon préféré de son aïeul Roy : un véritable pur-sang anglo-arabe.

Elle serait un jour une grande championne et Morgane l'entraînait régulièrement et par tous les temps. Elle était son trésor et elle avait réussi à la conserver malgré les maigres économies qui lui restaient après la faillite de l'entreprise de son père. Lady était l'avenir.

La jeune femme cumulait plusieurs emplois, bibliothécaire, serveuse, livreuse de journaux afin de conserver sa jument et s'y consacrer pleinement le week-end. Son grand-père n'avait pas de petit fils, mais juste une petite fille à laquelle il avait su inculquer l'amour des chevaux.

Tous les mois, elle économisait assez d'argent pour payer la pension de son cheval et les frais de vétérinaire.

À vingt-trois ans, Morgane ne s'octroyait pas beaucoup de plaisirs et elle n'avait pratiquement pas d'amis.

La bouilloire siffla sur le gaz et elle se prépara une tasse de thé avant de descendre sa poubelle. Elle habitait au cinquième étage d'un vieil immeuble dans une rue calme. L'ascenseur tombait souvent en panne et elle avait donc pris l'habitude de monter et de descendre les étages à pied. C'était un très bon exercice physique lorsque l'on habitait en ville et que l'on se rendait au travail. Un petit bonjour en passant aux voisins du deuxième étage qui sortaient, tous les jours à la même heure, leur chien.

Le facteur était passé et Morgane retira son courrier de la boîte aux lettres. De la pub, de la pub, de la pub et une lettre dont elle ne connaissait pas l'expéditeur. Un instant, elle crut que son cœur allait s'arrêter de battre. Elle chassa les sombres pensées qui l'avaient un instant habitée. Non, cela en était terminé des lettres de relances, d'huissiers… Maintenant, tout cela n'était plus qu'un mauvais rêve. Elle avait tenu bon durant ces deux longues années.

Pourtant, elle n'ouvrit pas la lettre tout de suite et remonta quatre à quatre les cinq étages en claquant la porte de son appartement derrière elle. Elle attendrait pour l'ouvrir et la posa sur le buffet de la cuisine, mais ses pensées ne pouvaient s'en détacher. Elle la saisit donc et la soupesa, la respira. L'adresse au recto était dactylographiée. Un mauvais pressentiment lui caressait l'esprit. Puis, n'y tenant plus, elle la décacheta en déchirant l'enveloppe et commença à lire.

Un cri. Son cri ébranla la tranquillité du petit appartement, réveillant en même temps son chat,

Malcom, endormi sur le canapé. Comment cela était-il possible ? Non ! Le passé resurgissait vitesse grand V. La laisserait-on enfin en paix ?

Morgane lut et relut, pour la énième fois, la lettre qu'elle venait de recevoir. Son grand-père était décédé à l'hôpital psychiatrique de Grant Ville suite à un infarctus...

La surprise était de taille. De plus, on lui demandait de prendre les dispositions nécessaires pour l'enterrement du défunt.

Il devait sûrement y avoir une erreur. Son grand-père était mort depuis une dizaine d'années déjà. Elle avait, à l'époque, treize ans. Son père, même, lui avait raconté les circonstances de ce décès. Grand-père Willis avait péri dans un incendie en essayant de sauver des chevaux prisonniers dans une écurie en feu. Elle n'en savait pas plus. De plus, son père n'était plus là non plus aujourd'hui pour l'aider à y voir plus clair puisqu'il était décédé lui aussi depuis deux ans maintenant.

Alors comment une telle erreur avait-elle pu être commise ?

Nerveusement, Morgane relut l'entête du courrier : Hôpital Psychiatrique. Grant Ville. Tél.552.857696.

Fébrilement, elle attrapa son combiné téléphonique et composa le numéro. La sonnerie retentit plusieurs fois avant qu'une voix nasillarde ne réponde :

— Hôpital Psychiatrique de Grant Ville, j'écoute !

— Bonjour, madame, j'aimerais avoir un renseignement. Je viens de recevoir un courrier émanant de vos services m'annonçant le décès de mon grand-père, commença Morgane d'une voix émue.

— Oui, c'est comme cela que nous procédons habituellement lorsque la famille est éloignée ! lui coupa froidement l'employée de l'hôpital.

— Le problème est que mon grand-père est décédé depuis plus de dix ans.

Un silence se fit entendre à l'autre bout du fil.

— Vous êtes certaine de cela ! Donnez-moi la référence de votre courrier !

Morgane donna à cette voix peu agréable les renseignements demandés et attendit un moment qui devint interminable.

— Edgar Willis est bien décédé, lundi à deux heures trente minutes du matin à l'âge de quatre-vingt-neuf ans, d'une crise cardiaque ! Tous les mois, nous recevions un mandat pour payer les frais d'hospitalisation d'un Monsieur James Willis remplacé depuis deux ans par un mandataire inconnu. Vous êtes, après enquête, le seul membre de sa famille qu'il lui reste !

La nouvelle estomaqua la jeune femme. Comment cela était-il possible ? Cette histoire était invraisemblable. Si l'homme décédé en début de semaine était bien son grand-père alors pourquoi son père lui avait-il annoncé son décès dix ans plus tôt ?

Morgane n'y comprenait plus rien. Quelles raisons avaient eu son père pour lui annoncer le décès de grand-père Willis alors qu'elle était encore une jeune enfant si ce n'était pas le cas ?

La secrétaire toussota au téléphone.

— Vous êtes bien Morgane Willis, apparentée à James Willis et Edgar Willis de Bringsburn, continua-t-elle sur le même ton.

— Oui, je le croyais, mais maintenant avec tout ce que vous m'annoncez, je ne suis plus sûre de rien !

Toute cette histoire bouleversait la jeune femme. Elle se passa nerveusement la main dans les cheveux. Ce qui était chez elle un signe de grande nervosité.

— Vous ne devriez pas le supposer, mais en être certaine après tout ce que ce vieux bonhomme a fait endurer à nos infirmières et à ses anciens employeurs !

Morgane s'imagina très bien l'expression triomphante de son interlocutrice après avoir craché son dernier flot d'accusations. Sous le choc, elle ne releva pas les propos désobligeants de la secrétaire et s'entendit répondre :

— Je m'occupe de tout ! Je passerai en fin d'après-midi !

Et elle raccrocha sans autres préambules.

La matinée de ce samedi printanier commençait bien. La jeune femme allait de surprises en surprises. La promenade avec Lady était annulée et elle allait devoir prévenir le propriétaire de la pension de chevaux.

Il lui restait pas mal de choses à faire avant son départ et tout en vaquant à ses occupations matinales, une question revenait sans cesse à son esprit :

Pourquoi son père, décédé depuis deux ans dans un accident de voiture, lui avait-il menti ? Quel chagrin avait-elle alors éprouvé en apprenant le décès d'un grand-père adoré qui lui avait appris à aimer les chevaux.

Elle se souvenait de lui comme d'un homme bon et aimant qui lui racontait des histoires sur sa vie dans un ranch lorsqu'il venait lui rendre visite à Bringsburn. Que de souvenirs attachants auxquels elle se rattachait lorsque la vie prenait un tour décevant.

Et que voulait dire cette femme avec ses accusations. Elle conservait le souvenir d'un homme bon, à qui elle pouvait confier ses tristesses d'enfant. Et maintenant, cette nouvelle. On se serait cru dans un mauvais feuilleton télévisé et cette femme, que voulait-elle lui faire comprendre ?

Morgane arpenta son salon de long en large. Elle n'avait plus la tête à rien d'autre et son week-end commençait bien mal. Que de questions sans réponse, soupira-t-elle, jusqu'à ce que la sonnette de la porte d'entrée retentisse.

Elle attendait son fiancé Jack comme tous les samedis matins, mais ce n'était que son amie et voisine de palier, Mélanie Corley. Cette gentille dame de soixante-dix ans aimait Morgane comme sa propre petite fille. Sous ses allures de vieille institutrice, elle cachait des trésors de gentillesse et elle remarqua que quelque chose n'allait pas. La jeune femme l'invita à entrer et lui raconta les derniers évènements de ce début de matinée. Et il n'était que dix heures du matin.

— Ma pauvre chérie ! Comment est-ce possible ? Tout commençait à aller si bien ! Il est temps qu'un homme s'occupe de toi et de tous ces soucis en même temps. Tu mérites tellement d'être heureuse !

— Mais Mélanie, j'ai Jack et …

La vieille dame lui tapota doucement la main.

— Tut, tut. Ce Jack n'est pas un homme pour toi. Il n'arrive même pas à garder un emploi plus de deux jours malgré que son père soit banquier. Il te faut un homme comme était mon Alexandre. Un homme qui sait t'aimer, te chérir, te protéger. Ton Jack ne connaît rien de ton cœur, de ta souffrance. Écoute les conseils d'une vieille dame.

Tout en resservant le thé, Morgane savait que Mélanie n'avait pas tort. Mais elle avait envie de souffler, d'avoir la vie plus facile. Même si Jack n'était pas l'homme qu'elle espérait depuis toujours, leur relation lui suffisait. Elle apprendrait à l'aimer profondément avec le temps.

— Bon ma petite fille, je vais te laisser. Ne t'inquiète surtout pas pour Malcom. Je le soignerai bien. Appelle-moi surtout lorsque tu seras arrivée ! Je ne veux pas m'inquiéter inutilement. Ce n'est pas bon pour mon vieux cœur. Tu sais que j'ai encore quelques relations dans la police alors n'hésites pas à me demander mon aide ! Allez, maintenant, je dois y aller. Tu dois avoir encore beaucoup de choses à faire.

Morgane n'avait pu placer un mot dans la conversation, mais il en avait toujours été ainsi avec Mélanie.

Les deux femmes s'embrassèrent affectueusement et Morgane se retrouva de nouveau seule.

Quelques instants plus tard, la sonnette retentit de nouveau. Cela devait être Jack. Celui-ci avait pour habitude de se présenter, le samedi matin sachant que la jeune femme était une lève-tôt. Morgane n'avait même pas envie de le voir.

Ils s'étaient connus au lycée et ne s'étaient plus jamais quittés depuis. Et maintenant, ils étaient fiancés. Cela s'était fait tout naturellement et Morgane n'avait même pas songé à réfléchir à cet engagement. Elle aimait bien Jack, mais elle attendait toujours, comme dans les romans, ce grondement de tonnerre qui lui annoncerait que ce serait le moment de dire oui. Il lui disait que cela viendrait avec le temps.

La sonnette retentit une deuxième fois avec plus d'insistance. Ce qui l'agaça.

— Je viens, je viens, cria-t-elle tout en allant lui ouvrir.

Son fiancé se tenait sur le pas de la porte, un bouquet de fleurs à la main. Jack était un homme âgé d'une trentaine d'années. Grand, blond, sportif et surtout bel homme. Fils de banquier, il passait ses journées à flâner. Son père avait depuis longtemps baissé les bras et pensait que le mariage avec Morgane lui permettrait de trouver une stabilité qu'il n'avait jusqu'alors jamais connue. Bien que Jack ait de nombreuses qualités, elle n'arrivait pas à trouver en lui l'étincelle qui la ferait s'enflammer pour la vie. Elle se sentait bien avec lui, mais il lui manquait ce petit quelque chose qui fait de l'amour cette chose superbe et merveilleuse.

Le jeune homme essaya de l'embrasser sur la bouche, mais Morgane fut plus rapide et le baiser glissa sur la joue.

— Que t'arrive-t-il ? commença-t-il surpris par ce comportement. D'habitude, tu es un peu plus coopératif.

Il se tenait toujours dans l'entrebâillement de la porte d'entrée.

— Tiens ! C'est pour toi ! Ce sont les premières de la saison.

Et il lui tendit le bouquet de jonquilles.

— Merci beaucoup. Rentre vite. Il faut que je te parle. Mon grand-père est mort.

— Tu veux rire, continua-t-il tout en s'installant dans un des fauteuils du salon.

— Je ne plaisante pas Jack. Grand-père Willis est mort d'une crise cardiaque. Attends, je te lis le courrier que j'ai reçu ce matin.

Mais elle ne put terminer sa lecture. Les larmes inondèrent son visage. Jack l'observa en silence, ne sachant que dire et que faire pour apaiser ce chagrin. Il n'avait jamais été confronté à cela. Il ne l'avait jamais vu dans un tel état sauf peut-être lors du décès de James Willis. Elle était si belle, si attendrissante dans sa détresse. Une superbe femme qui ne connaissait pas elle-même la valeur de sa beauté. Il la voyait pour la première fois. Elle était menue, délicate, fragile. N'y tenant plus, il la prit dans ses bras pour la consoler et attendit que son chagrin s'apaise.

Chapitre 2

L'annonce de cette nouvelle avait rouvert d'anciennes blessures que le temps n'avait pas encore cicatrisées. La jeune femme prépara rapidement un sac de voyage et fouilla rapidement dans un carton au fond de son cagibi où elle conservait tous les papiers de son père. Mais elle n'y trouva aucune trace d'un certificat de décès au nom d'Edgar Willis. Peut-être ce papier avait-il été perdu au cours du déménagement ou rangé ailleurs ? Il était trop tard pour le chercher maintenant. Pourtant ce papier aurait bien été utile et aurait évité bien des désagréments.

Jack était rentré chez lui afin de préparer son sac de voyage. Il lui avait promis de ne pas être trop long, mais les minutes s'égrenaient inlassablement dans l'attente de son retour.

Il fut enfin là et ils quittèrent l'appartement un peu avant midi. Le paysage avait gardé son léger voile de brume, mais installée confortablement dans la Range Rover de Jack, le chauffage allumé, Morgane se laissa aller à somnoler puis elle finit par s'endormir lorsque le véhicule quitta le centre et s'engagea vers la sortie de la ville.

Une demi-heure plus tard, elle sentit une main lui secouer doucement l'épaule. Une voix qu'elle connaissait la tira complètement du sommeil.

— Réveille-toi.

Lorsqu'elle ouvrit les yeux, elle découvrit Jack penché au-dessus d'elle, un sourire au coin des lèvres.

— Nous sommes déjà arrivés, demanda-t-elle.

— Non, mais je n'ai rien mangé depuis ce matin et il est maintenant treize heures trente de l'après-midi. Je pense que toi aussi tu devrais manger quelque chose. J'ai remarqué un petit restaurant non loin d'ici.

— Je n'ai pas très faim, tu sais.

— Tu dois absolument manger un peu sinon tu ne tiendras pas le coup. Tu es toute pâle.

Morgane abaissa le pare-soleil et observa sa mine dans le petit miroir. Il est vrai qu'elle avait un peu le teint pâlot, mais un peu de rouge à lèvres et un petit coup de peigne lui redonneraient bonne mine.

La fine brume s'était transformée en bruine, puis en pluie. Les essuies glaces balayaient le pare-brise d'un va-et-vient incessant.

Jack trouva rapidement une place devant le restaurant et ils sortirent du véhicule en courant afin de se mettre à l'abri.

Après discussion, le propriétaire de l'établissement accepta de les servir à cette heure aussi tardive et les installa à une table près d'une fenêtre donnant sur la rue. Les voitures circulaient tous feux allumés. Le temps s'était obscurci. Des gens se pressaient sur les trottoirs en se protégeant du mieux qu'ils pouvaient à l'aide de leur parapluie.

Après quelques minutes d'attente, un serveur leur présenta le menu et la carte des vins. Ils la consultèrent en silence. Comme la jeune femme n'avait pas très faim, elle se décida pour une salade de crevettes.

Le serveur arriva et prit leur commande.

— Alors, que choisis-tu ? demanda Jack.

— Une salade de crevettes fera l'affaire et une eau minérale.

— Pour moi, ce sera une entrecôte avec frites accompagnée d'un Saint-Émilion année 1984.

Après avoir congédié le serveur, Jack observa sa fiancée et son air perdu ne le satisfit pas.

— Arrête de t'inquiéter comme cela. Je suis certain que toute cette histoire a une explication toute simple.

Puis il lui tapota la main qu'elle avait posée à côté de son assiette.

— C'est facile pour toi de dire cela ! Je n'étais qu'une gamine lorsque je l'ai vu pour la dernière fois. Comment voudrais-tu que je le reconnaisse ? Il a dû vieillir et s'il était malade, il a dû aussi perdre du poids !

— Je te dis que tout cela est une simple erreur. Tu verras, tu n'auras peut-être même pas besoin de l'identifier. De toute façon, pourquoi veux-tu que ce soit ton grand-père ?

— Mais la secrétaire m'a donné son état civil et il correspond exactement à celui de grand-père Willis !

— Tu sais même avec l'informatique, il y a encore de grosses erreurs de commises. Et puis, beaucoup de gens portent le même nom de famille. Ouvre l'annuaire du téléphone et tu verras ! Je te répète que c'est un regrettable malentendu ! Alors, mange un peu. Il sera toujours temps de t'inquiéter.

Ils prirent tranquillement leur repas et furent les derniers à quitter l'établissement.

Cela faisait maintenant deux heures que la Range Rover avait repris sa route sur l'autoroute en direction de Grant Ville, tout au nord de Londres. À cette heure de l'après-midi, la circulation était assez dense malgré l'épais rideau de pluie. Il y avait encore cinquante kilomètres à parcourir et Jack ne pouvait rouler à plus de quatre-vingts kilomètres à l'heure tant la visibilité était difficile. Morgane désirait arriver avant dix-sept heures, heure de fermeture du secrétariat de l'hôpital. La jeune femme consulta sa montre. Elle indiquait seize heures. Jack conduisait le véhicule d'une main sûre. Heureusement qu'il s'était occupé de la réservation des chambres d'hôtel. Un bon bain lui permettrait de se détendre. En attendant ce moment, elle alluma la radio. Un flot de musique pop inonda l'habitacle et elle changea de station afin de trouver un programme compatible avec son humeur. Il est vrai qu'elle n'avait dit mot depuis leur départ du restaurant et Jack respectait son silence.

Tous ces évènements l'avaient replongée dans un passé douloureux.

Depuis deux ans, elle se battait pour conserver la société de transport que son père avait créée et ce n'était pas une tâche aisée. La société était criblée de dettes et sans l'aide du père de Jack, elle n'aurait eu le choix que de vendre. Elle devait tant à Jack. Il y avait aussi la gentillesse de ses parents qui espéraient un jour l'accueillir comme leur fille. Alors, comment lui dire qu'elle ne pouvait être sa femme. Ils n'étaient d'accord que sur peu de choses. Morgane ne se voyait pas devenir une madame Jack Adams oisive. Elle voulait conserver son indépendance. Elle ne portait que très rarement sa bague de fiançailles, un énorme diamant. Ce n'était pas son style, ni de son goût, mais c'était le choix de celui qui devait devenir son mari. Mélanie avait raison. Jack n'était pas pour elle sinon pourquoi retardait-elle sans cesse leur mariage. Ils étaient jeunes. Ils avaient le temps. Mais Jack n'était pas dupe. Les rares moments d'intimité, qu'ils avaient pu connaître, s'étaient soldés par un échec. La jeune femme n'était pas faite pour les jeux de l'amour. Elle appréhendait toujours le moment de la prochaine fois. Elle trouvait sans cesse des parades pour éviter ses caresses. Elle pouvait le dire maintenant, l'étincelle qui l'illuminerait ne viendrait pas. Et pas avec Jack en tous cas. Elle ne supportait plus qu'il la touche, mais comment lui dire sans lui briser le cœur. Elle ne voulait pas perdre l'ami.

— Tu m'as l'air bien songeuse… Tu n'oublies pas que je dois absolument repartir après l'enterrement, si enterrement il y a. Cela me gêne de te laisser seule en un tel moment, mais je dois absolument participer à ce tournoi de polo mercredi !

— Ne t'inquiète pas. J'ai déjà surmonté bien des épreuves et je m'en sortirai encore cette fois. Je pensais à mon père et à nous deux. Pourquoi m'a-t-il menti ? Je n'y comprends plus rien.

— Tu ne sais même pas s'il t'a menti. Nous n'avons pour l'instant aucune preuve.

D'une main lasse, elle se passa la main dans ses cheveux courts et ondulés.

— Il est vrai que tout cela est un vrai mystère, mais pensons plutôt à nous deux. J'ai réservé deux chambres d'hôtel tout près de l'hôpital. J'ai respecté ta nature prude. C'est la première fois que nous partons ensemble aussi loin, ajouta-t-il.

Jack avait posé sa main sur la jambe de la jeune femme et la caressait tout en remontant vers le haut de ses cuisses.

— Écoute Jack ! Ce n'est ni le lieu ni le moment et je n'ai pas la tête à ça, rétorqua-t-elle brusquement tout en repoussant sa main.

— Avec toi, ce n'est jamais le moment ! Depuis que nous sommes fiancés, nous n'avons jamais réussi à faire l'amour plus de dix minutes. Tu ne supportes pas que je te touche. Dès que j'essaie de prendre soin de toi, tu fais des bonds de deux mètres. Bon sang, je suis un homme et je t'aime ! Alors qu'est-ce qu'il t'arrive ?

Morgane ne répondit rien. Elle redoutait cette conversation depuis un long moment déjà.

Le reste du chemin se fit dans le silence et une demi-heure plus tard, le véhicule se gara enfin sur le parking de l'hôpital.

— Veux-tu que je t'accompagne ? demanda Jack, quittant un instant son air renfrogné.

— Je n'osais pas te le demander. Cela serait vraiment gentil de ta part, répondit-elle d'une voix pratiquement inaudible.

Morgane n'était pas encore remise de leur conversation. Jack attrapa sa veste qui était posée sur la banquette arrière du véhicule et ils se dirigèrent ensemble vers le hall d'accueil. Il était temps, les bureaux n'allaient pas tarder à fermer. Pourtant, des gens attendaient leur tour dans la salle d'attente. Le mauvais temps accentua l'austérité des lieux. Ce qui eut pour effet d'accentuer la détresse de la jeune femme.

Il fallut alors attendre d'interminables minutes. Puis ce fut leur tour. Un homme en blouse blanche, d'une cinquantaine d'années, apparut et leur demanda de le suivre. Ils arpentèrent bon nombre de couloirs avant de s'arrêter devant la porte d'une salle qui embaumait le chloroforme et l'éther. Des personnes chuchotaient et pleuraient dans les couloirs.

Morgane se serra un peu plus contre Jack. Le moment allait être difficile. Le médecin ouvrit un grand tiroir métallique et ôta le drap qui recouvrait le visage du défunt. Le choc fut terrible. Elle manqua de s'évanouir. Grand-père Willis, même dans la mort, avait conservé la même physionomie que celle de ses souvenirs.

Elle ne put contenir sa douleur et les larmes se mirent à couler sur ses joues. N'y tenant plus, elle courut se réfugier dans le couloir. Jack ne tenta pas de la retenir et remercia le médecin légiste d'un simple signe de tête.

Chapitre 3

Jack avait ramené la jeune femme à l'hôtel. Elle n'était plus que l'ombre d'elle-même. Un tel choc avait anéanti le peu de force et de confiance qu'il lui restait. Tel un automate, elle avançait, mais son esprit était resté bloqué sur l'image du corps du vieil homme allongé dans un des tiroirs de la morgue. Comment était-ce possible ? Que de questions qui restaient pour le moment sans réponse.

Elle n'avait pas prononcé une seule parole depuis qu'ils avaient quitté l'hôpital. Elle se fit couler un bain dans la superbe salle de bain de cet hôtel quatre étoiles. Ses muscles étaient endoloris comme si elle avait chevauché des heures. Elle disposa des bougies autour de la baignoire et versa des sels parfumés sous le jet du robinet. Son corps se laisserait au moins aller à la détente et peut-être arriverait-elle aussi à laisser son esprit vagabonder vers d'anciens jours heureux.

Jack, quant à lui, se préparait pour aller s'entrainer dans la salle de sport de l'hôtel. De toute façon, elle n'avait pas besoin de lui pour le moment. Elle avait envie d'être seule.

Petit à petit, la chaleur du bain lui apporta une douce quiétude qui la ramena plusieurs années en arrière au temps des jours heureux. Elle revoyait les longues promenades avec ce grand-père qu'elle adorait. Puis, un jour, tout s'était arrêté. Son père lui avait annoncé le décès de son aïeul sans autres explications. Elle avait treize ans à l'époque.

Les années avaient passé. Puis, un jour, ce merveilleux cadeau : Lady. Grand-père Willis ne l'avait donc pas oubliée et avait pensé lui laisser en souvenir cette magnifique pouliche.

Un toc frappé à la porte la ramena vers cette dure réalité.

— Ça va ? Je n'entends plus de bruit depuis un petit moment, demanda Jack.

— Oui. Oui. Ne t'inquiète pas. Tu n'es pas encore descendu à la salle de gym ?

— Non, j'attendais que tu sortes de ton bain.

— Ne t'inquiète pas pour moi. Avant de partir, peux-tu téléphoner à la réception et commander du thé et des toasts ? Le dîner ne me dit rien et je n'ai pas très faim.

— Ok, pas de problème. Je te fais monter ça. Mais tu ne devrais pas fermer la porte de la salle de bain à clé.

— Tu sais très bien que tu peux l'ouvrir de l'extérieur ! Jack, s'il te plait, ce n'est pas le moment !

— Ne t'énerve pas ! Je ne faisais que formuler une évidence.

— A tout à l'heure et n'oublie pas mon thé !

— Oui, à tout à l'heure. Ah, j'oubliais de te dire que le directeur de l'hôpital a fait livrer un carton contenant des papiers.

Puis plus un mot. Morgane entendit des pas qui s'éloignaient et une porte se fermer. Elle était enfin seule.

Elle resta encore un moment dans son bain, mais la curiosité fut la plus forte. Elle avait hâte de jeter un coup d'œil aux papiers de son aïeul.

Lorsqu'elle sortit de la salle de bain, un plateau, contenant théière et toasts, l'attendait sur la petite table de salon. Elle avait enfilé le peignoir de l'hôtel et enveloppé ses cheveux humides à l'aide d'une serviette de toilette. Elle s'installa sur le canapé et commença sa collation, mais son regard revenait sans cesse vers la boîte en carton posé sur une chaise près de la porte d'entrée. N'y tenant plus, elle alla la chercher et l'ouvrit. Elle pouvait tout aussi bien consulter les papiers tout en buvant son thé.

Elle hésita quelques secondes avant de plonger sa main dans le carton. Des papiers de toutes sortes y étaient rangés, mais dans un épais dossier, elle découvrit des coupures de journaux concernant un incendie dans un haras et son grand-père, du peu qu'elle venait de lire, était le seul coupable. Les larmes montèrent alors aux yeux de la jeune femme. Grand-père Willis ne pouvait être un tel monstre et elle le prouverait.

Elle mit le dossier de côté et fouilla un plus dans le carton pour en ressortir un gros carnet noir. Les pages étaient jaunies par le temps, mais l'écriture restait lisible. Elle le feuilleta rapidement et remarqua qu'il y manquait quelques pages. C'était un journal. Le journal de la vie de son grand-père. Elle s'installa confortablement dans le canapé et commença sa lecture.

Elle sut ainsi page après page, que son grand-père vivait et travaillait dans un haras de la région de Grant Ville. Il y avait des anecdotes concernant la naissance de poulains destinés à devenir des champions, de lads, de maréchaux-ferrants et de bons nombres d'autres employés. Puis, plus de texte, mais des colonnes de chiffres soulignés ou entourés en rouge ainsi que le nom d'une femme qui revenait très souvent au bas des colonnes de chiffres.

Soudain, la porte de la chambre s'ouvrit. Ce qui eut pour effet de faire sursauter la jeune femme. Jack était enfin de retour et il était plus de vingt-trois heures.

— Toujours pas couchée, lança-t-il, tout en posant son sac de sport.

— Non, j'ai regardé un peu ce qu'il y avait dans ce carton.

— Je prends une douche et je suis à toi.

Tout en prononçant ces mots, il s'approcha d'elle et attrapa sa main pour y déposer un baiser. La jeune femme le laissa faire sans un regard puis il quitta la pièce pour aller dans sa chambre.

Morgane était à nouveau seule pour quelques instants. Elle n'avait fait que lire quelques pages, mais les colonnes de chiffres l'intriguaient. Il y en avait pour des milliers de livres sterling.

Perdue dans ses pensées, elle n'entendit pas Jack revenir.

— Un baiser pour tes pensées, lança-t-il.

— Quoi, comment ?

— Je disais, un baiser pour tes pensées !

— Jack ! Ce n'est pas le moment de blaguer !

— Mais je ne blague pas, rétorqua-t-il. Tu sais ce que je ressens pour toi. Après cette affaire, marions-nous !

— Comment peux-tu me parler de mariage en un pareil moment ? C'est mon grand-père que je vais enterrer !

— Mais bon sang, il était déjà mort depuis plus de dix ans pour toi ! Ton deuil est déjà fait ! Qu'est-ce que cela change ? Nous n'avons plus qu'à aller voir les pompes funèbres demain matin !

— Comment peux-tu être aussi dur ? C'est un vieil homme qui a été abandonné par sa famille, par ma famille, et qui est mort seul parmi des étrangers !

Morgane était entrée dans une colère folle. Vraiment, elle ne comprendrait jamais cet homme. Ils étaient amis, mais devenir mari et femme, cela maintenant, elle en était certaine, cela était devenu catégoriquement impossible.

— Ne t'énerve pas, cela ne sert à rien, répondit-il simplement.

— Comment veux-tu que je ne m'énerve pas ? Tu te contrefiches complètement de ce que je peux ressentir ! Et pour ce qui est de notre mariage, tu peux faire une croix dessus !

Les dés étaient jetés. Morgane avait prononcé les paroles fatidiques. Suite à cette annonce, Jack devint blanc de stupeur.

— Tu ne peux pas me faire ça, hurla-t-il. Que vont dire papa et maman ?

— Ce n'est pas avec ton père et ta mère que je pensais me marier !

— Tu ne peux pas me faire ça ! Je n'aime que toi !

— Écoute Jack, nous nous sommes trompés. Nous avons pris notre amitié pour de l'amour. Avec de telles bases, notre union serait vouée à l'échec.

— Alors que fait-on ? demanda-t-il soudain perdu comme un enfant.

— Je suis désolée Jack. Tu es un merveilleux ami. Tu es le frère que je n'ai jamais eu. Mais nos relations au lit ne sont pas ce que nous espérions tous les deux. De plus, tu as horreur des chevaux, et tu sais que j'adore ma pouliche Lady.

— D'accord, d'accord, capitula-t-il. J'ai compris.

— Ne sois pas si triste, continua Morgane, tout en s'approchant de lui. Notre amitié est plus forte que tout et par cette triste occasion, tu m'as prouvé que tu étais un ami sur lequel je pouvais compter. Alors, je t'en prie, ne m'en veux pas. Un jour, tu rencontreras une merveilleuse personne qui te fera oublier tout cela.

Tout en prononçant ces mots, Morgane s'était encore rapprochée un peu plus près de lui et déposa un baiser sur sa joue.

Jack mit quelques instants pour digérer la rupture des fiançailles. Puis soudainement, il changea totalement de conversation.

— Au fait, j'ai vu le directeur de l'hôtel pendant que j'étais à la salle de sport.

— Ah bon ? Que t'a-t-il dit ? enchaîna la jeune femme, soulagée de constater que la rupture ne semblait pas trop affecter son ex-fiancé. Elle devait compris qu'elle devait lui donner du temps pour accepter qu'ils ne se marieraient pas tous les deux. Elle lui laissa donc le temps de se reprendre.

— Le notaire a cherché à te joindre. Il t'a appelée deux fois ce soir.

— C'est bizarre, je n'ai pas entendu le téléphone sonner.

— Peu importe. Il veut te voir à son étude demain matin. C'est tout près d'ici. Nous irons ensemble si tu veux.

Par ces dernières paroles, Jack lui faisait comprendre qu'il ne lui en voulait pas et lui tendait à nouveau la main.

— Oh Jack ! Merci. Merci de me comprendre aussi bien. J'ai eu peur de te perdre aussi.

Leur amitié ne semblait pas avoir trop souffert de cette rupture de fiançailles et avec le temps, ils redeviendraient les amis qu'ils n'auraient jamais dû cesser d'être.

La nuit fut courte et, dès neuf heures le lendemain matin, ils étaient à l'étude du notaire, Maître Baron. Celui-ci était resté l'homme de confiance du grand-père de Morgane et détenait quelques papiers importants qu'Edgar Willis lui avait confiés.

C'était un homme, âgé d'une cinquantaine d'années, courtois et souriant. Il les accueillit chaleureusement et remit à la jeune femme d'importants documents qu'elle prendrait le temps de lire lorsqu'elle serait seule.

Certains de ces papiers concernaient sa filiation avec Edgard Willis et les autres concernaient la situation financière de son aïeul. Et puis il y avait une grande enveloppe de couleur beige cachetée. Morgane reconnut aussitôt la même écriture que celle du gros carnet noir. Des larmes d'émotion coulèrent sur ses joues.

Le notaire attendit quelques instants afin que la jeune femme reprenne ses esprits et ouvrit le testament. Grand-père Willis lui léguait peu. Les quelques papiers qu'elle avait déjà en main, mais aussi une demande afin qu'elle fasse rouvrir le dossier pénal qui l'avait fait condamné. Edgar Willis clamait son innocence et la justice l'avait condamné à passer le reste de sa vie dans un hôpital psychiatrique. L'avoir fait enfermer dans cet endroit, pendant dix longues années, comme s'il était un malade mental avait eu raison de ses dernières forces. C'était la volonté d'un homme brisé de vouloir que la vérité éclate enfin et que le nom Willis soit enfin lavé de toutes accusations dans cette terrible affaire d'incendie.

— Je sais que c'est très dur pour vous, mais Edgar Willis a toujours cru en la justice. Malheureusement, il est parti trop vite. Pour ma part, je l'ai toujours cru innocent, mais trop de preuves étaient contre lui, crut bon de dire le notaire.

— Il y a une chose que je ne comprends pas. Pourquoi mon père m'a-t-il annoncé, il y a de cela dix ans, que mon grand-père était décédé ? ajouta la jeune femme.

— Vous savez, répondit Maître Baron, je ne connaissais pas les liens qui unissaient votre père et votre grand-père. Ce dernier ne m'en parlait jamais.

De vous, par contre, il ne tarissait pas en éloges. Il avait foi en vous.

À cette annonce, une vive émotion emplit le cœur de la jeune femme. Elle se retint de pleurer.

— Et pour l'enterrement, comment cela va-t-il se passer ? réussit-elle à demander d'une voix enrouée par les larmes qu'elle retenait.

— Ne vous inquiétez pas. Votre grand-père avait pris les dispositions nécessaires, il y a de cela quelque temps déjà. Les obsèques auront lieu lundi après-midi. Comme le stipule le testament, il désire être incinéré. Une urne vous sera donc remise à la fin de cette éprouvante journée. Par contre, il risque d'y avoir foule à l'enterrement. L'annonce du décès va amener beaucoup de journalistes. Je tenais à vous prévenir. Cette journée risque vraiment d'être difficile à vivre. Si vous avez besoin de quoi que ce soit, n'hésitez pas. Je serai toujours là pour la petite fille d'un vieil ami.

Morgane remercia chaleureusement le notaire. Au moins, elle savait qu'elle avait un allié dans son combat pour la vérité.

Les obsèques eurent lieu dans la plus stricte intimité. Il fallait se protéger des curieux et surtout des journalistes, car à l'annonce officielle du décès du vieil homme, ils affluèrent par dizaines à l'hôpital. La jeune femme ne désirait pas que l'enterrement devienne un numéro de cirque ou chacun viendrait salir la mémoire du défunt.

À part le directeur de l'hôpital, le notaire et Jack, Morgane ne connaissait personne. Pour la circonstance, la jeune femme portait un tailleur-pantalon noir et un chapeau à voilette. Elle se sentait observée par une foule de journalistes, mais aussi par un homme assis non loin d'eux. Son regard lui brûlait la nuque, mais elle ne se détourna pas. Elle ne tenait pas à étaler son chagrin devant un inconnu.

À la fin de la cérémonie religieuse, le directeur de l'hôpital présent pour la circonstance, la présenta à Madame Spilder. Cette dame âgée avait été très proche d'Edgard Willis puisqu'à une certaine époque, ils avaient même été fiancés. Mais ces fiançailles avaient été rompues par la famille de celle-ci. À cette époque, on devait obéissance à ses parents. Madame Spilder, inconsolable, ne s'était de ce fait jamais mariée et était restée très proche de son amour malgré leur grande différence d'âge.

Morgane se sentit aussitôt en confiance avec cette dame. Cette dernière débordait de gentillesse et la jeune femme fut vite conquise par cette nouvelle amie qui l'invita à demeurer chez elle le temps de régler les affaires courantes relatives au décès.

La jeune femme ne fut pas longue à accepter et remercia chaleureusement cette nouvelle amie. Elle avait tant à apprendre sur son grand-père.

Le directeur de l'hôpital en profita pour lui remettre les derniers effets du défunt qui étaient restés au sein de l'établissement hospitalier. Il n'y avait pas grand-chose : une montre à gousset et quelques photos jaunies par le temps. Elle le remercia et soutenue par Jack et madame Spilder, elle quitta l'église sous le feu des journalistes. Elle reviendrait plus tard se recueillir et récupérer l'urne de son grand-père. Le corps venait d'être emmené pour la crémation et elle ne tenait pas à y assister.

La journée avait été éprouvante et Jack s'était révélé un être charmant et empli de compréhension. Le déménagement fut rapide entre l'hôtel et la maison de madame Spilder. La jeune femme très éprouvée et migraineuse se mit au lit de bonne heure. La vieille dame lui monta à sa chambre un bol de soupe bien chaude.

— Comment va votre mal de tête ma chère petite ? J'espère que vous pourrez avaler quand même un peu de ce potage.

Le sourire et la gentillesse de la vieille dame réconfortèrent la jeune femme.

— Je sais, je sais ma petite. Votre ancien fiancé m'a tout raconté, continua-t-elle. Il est bien dommage que votre père vous ait caché la vérité. J'ai toujours clamé l'innocence de mon Edgard. Ah, mon dieu, s'il n'y avait pas eu cette femme !

Madame Spilder enfouit son visage entre ses mains et sanglota doucement. Morgane se leva aussitôt et vint lui toucher la main. La vieille dame la serra et la porta contre sa poitrine.

— Je suis désolée, madame Spilder. Mon chagrin m'a égarée et je n'ai pensé qu'à moi. Vous devez être très éprouvée vous aussi et bien fatiguée.

— Ne vous inquiétez pas mon enfant. Je suis encore solide malgré mon âge, me répondit-elle tout en effaçant de son mouchoir toutes traces de son désarroi.

Morgane s'en voulait terriblement. Tout à son chagrin, elle avait oublié une chose importante. Cette vieille dame avait aussi aimé son grand-père Edgard Willis. Il fallait à tout prix emmener la conversation sur un autre sujet, Morgane demanda donc :

— Savez-vous où se trouve Jack ?

— Je ne sais pas trop là, à ce moment où nous parlons, mais il m'a dit qu'il devait téléphoner à son père. Je vais vous laisser manger votre soupe tant qu'elle est encore chaude. Je vous envoie votre ami dès que possible.

La vieille dame embrassa la jeune femme sur le front comme la petite fille qu'elle aurait pu avoir et sortit de la chambre.

Morgane la regarda partir sans un mot et pensa combien, cette dernière était courageuse. Lorsque la porte fut refermée et qu'elle se retrouva seule, son regard se posa sur le vieux calepin noir posé sur la table de nuit. Il était devenu sa bible.

Ce fut comme un appel, la jeune femme le prit et l'ouvrit. Entre deux cuillères à soupe, elle se mit à lire ce que renfermaient les pages du carnet. Elle remarqua ainsi que son grand-père Willis avait conservé son écriture distinguée et qu'il avait rempli les pages d'informations diverses. Listes de course, souvenirs d'enfance, sa vie à l'hôpital et puis il y avait aussi des passages concernant sa vie aux Trois Galops. Un nom revenait aussi souvent, celui de Logan Brenner. Elle découvrit ainsi la passion de son aïeul : le haras des Trois Galops. Elle comprenait maintenant pourquoi il lui avait fait cadeau de sa pouliche Lady.

Chapitre 4

Cela faisait déjà une semaine que Jack avait regagné Grantham. Il lui avait promis de s'occuper de tout. Mais ceux qui manquaient le plus à Morgane dans ces moments difficiles, c'était son cheval et son chat.

Chez sa nouvelle amie, elle avait trouvé chaleur et confort. Elle avait lu et relu, couchée sur son lit, la lettre que le notaire, Monsieur Baron, lui avait remise. Son grand-père ne l'avait pas oubliée. Il lui avait fait cadeau de Lady. Et Lady n'était pas n'importe qui puisqu'elle était la fille et petite-fille de grands champions qui provenaient du haras des Trois Galops. Morgane avait lu tout ce qu'elle avait pu trouver concernant ce domaine. Elle avait hâte d'y aller et de le visiter. Elle avait tellement de questions à poser, mais elle savait qu'elle ne serait pas la bienvenue.

Pourtant, après toutes ses discussions, ses lectures, elle en était convaincue. Grand-père Willis n'était coupable d'aucun chef d'inculpation. Morgane avait eu beau lire et relire la copie des minutes du procès que lui avait fait parvenir le notaire, les preuves apportées ne la satisfaisaient pas. Il lui fallait trouver un plan afin de se rendre là-bas et elle trouverait sûrement en madame Spilder une alliée.

Sur le moment, la décision de la jeune femme affola la vieille dame.

— Mais c'est beaucoup trop dangereux ma pauvre enfant ! Et si le véritable coupable était toujours sur les lieux ! Comment allez-vous vous débrouiller ? Vous n'aurez personne pour vous aider ! J'en tremble rien que d'y penser.

Morgane posa sa main sur le bras de la vieille dame qui s'était assise sur une chaise tant l'annonce de cette idée l'effrayait.

— Non, il n'y a aucun danger. Ne vous inquiétez pas. Si je suis employée là-bas, il n'y a aucune raison pour que l'on pense que je suis venue pour autre chose.

— Mais regardez où cela a mené mon pauvre Edgard ! Je ne veux pas qu'il vous arrive quoi que ce soit. Je me sens responsable de vous et votre ami Jack m'a fait promettre de veiller sur vous.

— Écoutez madame Spilder, je dois découvrir la vérité afin que mon grand-père repose en paix.

— Apparemment, rien de ce que je pourrais vous dire ne vous fera changer d'avis.

— Non, je suis désolée… Je ne vous ai pas tout dit. Dans la lettre que m'a donnée le notaire, mon grand-père me fait la demande de disperser ses cendres sur les terres du haras des Trois Galops. Je ne pourrais le faire que si la vérité est rétablie. Vous comprenez maintenant pourquoi je tiens tant à m'y rendre.

Madame Spilder se mit alors à sourire.

— Et c'est donc de tout cœur que je vais vous aider ma jeune amie.

De joie, Morgane sauta au cou de la vieille dame.

— Mais avant tout, continua madame Spilder, j'irai voir John Curley. C'est un vieil ami et il acceptera, je n'en doute pas, de me donner quelques renseignements sur le domaine. Il a pris sa retraite, mais son fils l'a remplacé.

Elles ne mirent que quelques jours à tout préparer. Madame Spilder avait vu son ami et avait ainsi appris au cours de la conversation que le haras recherchait des lads. Et c'était dans un rôle de globe-trotter à la recherche d'un emploi que Morgane allait se présenter au domaine. Le lendemain, le temps était propice à ce départ.

Après maintes recommandations, la vieille dame la laissa partir.

Le paysage était magnifique à cette époque de l'année. Le vert foncé du feuillage des arbres s'harmonisait parfaitement avec la teinte plus claire des herbes folles qui courraient sur le sol. Le ciel bleu, parsemé de petits nuages, faisait ressentir pleinement l'esprit de fête du printemps. La nature était au rendez-vous.

Morgane marchait le long de la route, son sac à dos sur l'épaule. Cela faisait déjà un moment qu'elle avait quitté la maison de madame Spilder.

Depuis le matin, elle ne s'était accordée que quelques moments de détente et la fatigue commençait vraiment à se faire sentir. Elle ne devait plus être très loin du haras des Trois Galops. Les trois quarts du chemin avaient été faits en voiture, en auto-stop, mais la personne qui l'avait déposée n'allait pas aussi loin que la jeune femme l'aurait aimé.

Elle déboucha sa gourde et but quelques gorgées. Le liquide frais lui redonna quelques forces. Elle n'avait rencontré que très peu de voitures par la suite sur la petite départementale et aucune qui allait dans sa direction. Une légère brise faisait jouer, aux branches des arbres, une douce mélodie qui lui réchauffait le cœur et ce fut d'un pas plus alerte qu'elle continua sa marche.

Elle se présenterait aux Trois Galops comme une randonneuse qui visitait la région et qui était prête, moyennant le gîte et le couvert, à effectuer quelques travaux. Elle espérait ainsi découvrir des preuves qui innocenteraient son grand-père injustement condamné.

Le soleil commençait déjà sa lente descente dans le ciel. La jeune femme ne voulait pas arriver à la nuit, il fallait donc qu'elle trouve un abri pour la nuit. Ce qui n'allait pas arranger ses affaires.

Soudain, le vent forcit et le ciel s'obscurcit rapidement. Un orage se préparait. L'atmosphère perdit quelques degrés. Morgane n'avait qu'un duvet, il lui fallait coûte que coûte trouver un abri. Le vent se leva et souffla en rafales. Un éclair zébra le ciel et elle n'avait toujours rien en vue pour se protéger. Elle se mit à courir et dans sa course pour éviter le déluge à venir, elle heurta soudainement un bloc de pierre qui la fit tomber de tout son long dans les ronces et les orties. Elle poussa un cri de douleur. Elle s'était foulé la cheville et elle souffrait terriblement.

De nature, à l'habitude, peu craintive, elle se vit soudain à l'agonie, mourant de faim et de soif dans ces lieux qui ne pardonnaient pas aux intrépides solidaires. Son sac avait, suite à cette chute, atterri dans les orties. Encore à moitié assommée par le choc, elle mit quelques secondes à reprendre ses esprits. Des égratignures sur les bras et le visage la faisaient souffrir et sa cheville enflait rapidement. Il ne fallait pas qu'elle reste là. Elle devait trouver un abri, mais son corps refusait de lui obéir.

Elle ne sut combien de temps, elle resta là allongée sur le sol alors que les premières gouttes de pluie commencèrent à tomber dru lorsqu'elle sentit deux bras puissants la soulever et la porter. La surprise lui arracha, et un cri de peur et un cri de frayeur. Un éclair jaillit dans le ciel et elle vit le visage de l'inconnu. La peur quitta aussitôt la jeune femme et elle remercia le ciel d'avoir envoyé cet inconnu pour la sauver. Elle arrêta de se débattre et se serra contre le torse de cet inconnu pour se protéger de la pluie devenue battante.

Cette chaleur réconfortante qui émanait de ce corps inconnu la rasséréna.

Elle ne connaissait rien de lui, mais cela lui était maintenant complètement égal. Quelque chose émanait de cet homme qu'elle ne pouvait expliquer. Elle ne savait qu'une chose à cet instant, c'était qu'elle pourrait partir au bout du monde avec lui s'il le lui demandait. Le peu qu'elle en avait vu lui avait suffi et elle s'évanouit au creux de ses bras.

Chapitre 5

Lorsque Morgane ouvrit les yeux, elle se retrouva dans un lieu qu'elle ne connaissait pas. L'endroit ressemblait à une vieille maison en bois abandonnée. Un feu avait été allumé, mais pour l'heure, il n'était qu'un faible rougeoiement dans l'âtre. Quelque chose bougea non loin d'elle. Elle sut qu'elle n'était pas seule. Une forme sombre, allongée de l'autre côté de la cheminée, s'agitait nerveusement.

Où était-elle ? Qui était cet homme ? Cet inconnu, non plutôt cet ange venu la sauver, car seule, elle n'aurait pu se mettre à l'abri et trouver de l'aide rapidement. La pluie tombait toujours et elle ruisselait, en plusieurs endroits, à l'intérieur de ce qui avait été autrefois une maison. La toiture n'était plus toute jeune, mais l'inconnu l'avait installée dans un coin où elle ne risquait pas trop de souffrir de l'humidité.

La présence non loin d'elle attira de nouveau son regard. Même dans son sommeil mouvementé, il restait incontestablement beau. Elle pouvait tout à loisir l'observer malgré l'obscurité, non seulement grâce au faible rougeoiement du feu, mais aussi grâce aux éclairs qui apportaient, à intervalles réguliers, de la clarté comme en plein jour.

Ses cheveux, d'un beau brun velouté ondulaient légèrement. Ses traits étaient tirés. Même dans son sommeil, il semblait soucieux et fatigué. Une barbe naissante noircissait ses joues et son menton volontaire.

Malgré tout cela, elle n'avait pas peur de lui. Il lui prit la folle envie de caresser ce visage au teint buriné par le soleil et les intempéries, de passer ses doigts dans ses cheveux bruns et souples et de le serrer contre elle. Mais, elle n'avait aucun droit sur lui. Il était simplement l'inconnu qui l'avait sauvée. Elle ne connaissait rien de lui et lui devait déjà beaucoup.

Soudain, la jeune femme frissonna. Pendant ces quelques instants, elle avait oublié la raison de sa présence en ces lieux. Elle ne devait en aucun cas se détourner du chemin qu'elle s'était tracé. La vérité avant tout pour retrouver l'honneur de sa famille perdu.

Le sommeil ne venant toujours pas, elle décida de raviver le feu avec quelques morceaux de bois qui se trouvaient posés près de l'âtre.

Avec tous ces tumultes que connaissait son esprit, elle avait oublié quelques instants que son corps aussi souffrait, car lorsqu'elle essaya d'attraper les morceaux de bois en étirant son corps pour les atteindre, une vive douleur monta de sa cheville droite vers son genou. Elle se retint de hurler et se mordit les doigts afin de contenir le cri qui montait de sa gorge. Elle n'avait pas réveillé l'inconnu. Elle réussit malgré tout, sans s'extraire de son duvet, à ramper et à attraper quelques morceaux de bois afin de nourrir le feu moribond. Aussitôt les flammes naissantes se mirent rapidement à crépiter.

Morgane regagna sa place et contempla dans la semi-obscurité la vieille maison de bois qui leur servait d'abri. Elle était abandonnée depuis très longtemps, mais avait réussi tout de même à conserver un certain charme. Les meubles, qui subsistaient, avaient grand besoin d'être restaurés. Des gens avaient vécu ici et avaient aimé cet endroit. Pourtant, ce dernier semblait avoir été déserté précipitamment.

Petit à petit les roulements du tonnerre s'éloignaient, pourtant la jeune femme ne put dire depuis combien de temps elle était là. Elle n'avait plus du tout sommeil. Et il lui était impossible de savoir l'heure qu'il était. Dans sa chute, sa montre s'était brisée.

Elle s'assit donc pour contempler à nouveau l'homme qui dormait non loin d'elle. Une douleur aiguë au niveau de la cheville lui rappela, de nouveau ce pourquoi elle était là. Doucement, elle s'extirpa de son sac de couchage et constata qu'elle ne portait plus que ses sous-vêtements. Son jean, sa chemise et ses bottes lui avaient été retirés. Sa cheville avait doublé de volume et ses jambes étaient couvertes de bleus. Et pour couronner le tout, un élancement lui martelait la tête.

À cet instant, la jeune femme se sentit vulnérable et des larmes jaillirent à n'en plus finir. Elle avait beau essuyer ses larmes à mesure que celles-ci coulaient sur ses joues, mais ces dernières jaillissaient inlassablement. Ses sanglots et les reniflements qui les accompagnaient finirent par réveiller l'inconnu, car, soudain, deux bras solides la bercèrent tendrement.

— Ne pleurez plus. Vous ne risquez plus rien. Je suis là.

Telle une petite fille, elle se laissa bercer et câliner. La voix de cet homme était à la fois douce et ferme, et même légèrement rauque. Ce qui éveilla un désir qu'elle ignorait jusque-là. Même avec Jack, elle n'avait jamais ressenti une telle fièvre. Elle se sentit irrémédiablement attirée par cet homme. Le réconfort se transforma rapidement en passion. L'homme hésita un court instant, mais céda au désir. La jeune femme n'avait jamais rien ressenti de tel. Les caresses se firent plus pressantes et c'est en toute confiance qu'elle offrit sa bouche à cet inconnu. Elle se retrouva bientôt blottie contre lui dans le même duvet. Elle avait oublié la douleur de sa cheville, de ses égratignures. Les baisers de son amant enflammaient chaque centimètre carré de sa peau. Jamais Morgane n'aurait pu imaginer qu'un tel désir de l'autre puisse exister. Dans un mouvement de plaisir qui ne semblait jamais vouloir finir, ils ne firent plus qu'un. Leurs doigts s'emmêlèrent et ne se quittèrent plus dans leur dernière danse vers ces sommets de béatitude qui ne semblaient jamais vouloir s'arrêter et qui les emmenaient en même temps dans ce déferlement de sensations d'amour éternel.

Ils restèrent blottis ainsi un long moment. Aucun des deux ne voulant briser la magie de ce qu'ils venaient de vivre. Morgane ne l'oublierait jamais. Mais comment continuer à vivre après cela. Se dire au revoir comme s'il ne s'était jamais rien passé entre eux. Ces pensées la firent frissonner.

— Tu as froid ? demanda-t-il aussitôt inquiet.

— Non, je suis heureuse…

— Si tu as des regrets, il est peut-être trop tard. Tu es déçue ?

— Non. Non. Détrompe-toi. Je me sens gênée, car je n'ai pas pour habitude de me jeter dans les bras d'un parfait inconnu. On ne se connaît même pas.

— Alors là, je peux te dire que tu as tort. Nous avons fait simplement les choses à l'envers. Alors je me présente. Je suis Logan Brenner. Et toi ? Qui es-tu ?

Et il lui tendit la main afin d'officialiser les présentations.

Logan Brenner. Logan Brenner. Morgane resta un moment sans voix. Elle avait entendu parler de lui dans la lettre de grand-père Willis. Ce n'était pas possible ! Elle avait couché avec le propriétaire du haras des Trois Galops !

Que faire ? Le mal était fait. Mais ce qui s'est passé entre eux deux ne se reproduirait plus. Les pensées de la jeune femme circulaient à vive allure dans son cerveau et son visage reflétait le tumulte de ses pensées.

Logan Brenner ne l'avait pas quittée des yeux et avait vu le visage de la jeune femme blêmir à l'écoute de son nom.

— Peux-tu m'expliquer ce qu'il t'arrive ? Bon sang ! J'ai l'impression que tu viens de voir un fantôme. Est-ce moi qui te fais cet effet ?

Morgane ne s'attendait pas à une telle réaction et devait à tout prix détourner les soupçons.

— Non, c'est ma cheville qui me fait à nouveau souffrir, s'entendit-elle répondre.

— Rallonge-toi. Je vais te faire un bandage qui t'empêchera de trop ressentir la douleur.

— Non ! Cela va aller. Ne t'inquiète pas, ajouta-t-elle d'un ton plus posé.

Il ne fallait surtout pas qu'il la touche. Elle se sentait incapable de lui résister. Elle enfila à la hâte sa chemise.

Logan Brenner ne l'avait pas quittée des yeux. Un pli soucieux barrait maintenant son front.

— Ai-je dit quelque chose de mal ?

— Non. Je suis désolée. Nous n'aurions pas dû. C'est tout. Nous ne nous connaissons même pas !

Logan lui attrapa le menton afin qu'elle le regarde dans les yeux.

— Je suis certain qu'il y a autre chose, mais tu n'es pas décidée à me dire maintenant. Nous ne sommes plus des inconnus l'un pour l'autre. Et ce qui est arrivé devait arriver ! Tu n'as aucun reproche à te faire. Je suis seul responsable de cette situation. J'ai perdu la tête et je n'aurais pas dû ! Alors, pourrais-je connaître le nom de ma belle petite fée ?

Logan ne la quittait toujours pas des yeux et attendait sa réponse.

Morgane ne pouvait rien lui dire. Il fallait qu'elle gagne du temps. Et c'est d'une voix enrouée qu'elle s'entendit répondre.

— Morgane Smith.

— Morgane Smith ! Morgane Smith !! Morgane Smith !!!

— Oui, tu as bien entendu. Je m'appelle Morgane Smith. Pourquoi le répètes-tu sur ce ton ?

— Quel ton ? Je viens seulement de m'apercevoir que je viens de faire l'amour à la plus belle des fées !

Puis d'un geste tendre, il approcha son visage du sien et déposa sur ses lèvres un doux baiser. Puis comme s'il ne s'était rien passé entre eux deux, il demanda :

— Je ne sais si tu es comme moi, mais j'ai une faim de loup.

Il sortit rapidement de son sac de couchage et enfila à la hâte son pantalon puis jeta dans l'âtre quelques morceaux de bois.

Il ne faisait pas très chaud dans la cabane, mais Logan, par sa présence, eut vite fait de ramener un peu de chaleur.

Morgane n'avait jamais été aussi bien. Elle se sentait attirée corps et âme par cet homme. Mais elle avait pactisé avec l'ennemi. Son plan ne pourrait plus fonctionner correctement. Que faire ? Logan, occupé à la préparation du repas, ne s'était rendu compte de rien. Il sifflotait joyeusement et amoureusement, il apporta une assiette à la jeune femme.

— Je te sens toute triste. Que se passe-t-il ?

— Je ne sais pas. Cela doit être à cause de ma cheville.

— Prends cette aspirine et mange un peu. Tu verras, tu iras beaucoup mieux après.

Mais les larmes se mirent à couler sur les joues de la jeune femme. Comment pouvait-elle avaler quelque chose ?

Grand-père Willis, Le haras des trois galops, Logan Brenner…

Surpris par ce flot de larmes, Logan tenta de la prendre dans ses bras, mais elle refusa tout net.

— Que se passe-t-il ? Bon sang ! s'énerva-t-il.

— Laissez-moi tranquille. Je veux rester toute seule !

Le vouvoiement avait pris place au tutoiement. Comme cela, les distances étaient de nouveau établies.

— Toute seule ! Mais ma parole, elle a perdu la tête ! Comment pourrais-je abandonner une personne blessée dans cet endroit ? Tu as besoin de soins ! continua-t-il.

— Taisez-vous ! Vous m'empêchez de réfléchir ! hurla-t-elle tout à coup.

Morgane ne savait plus où elle en était. La colère avait fait place à la passion.

— Et bien, tu as tout le reste de la nuit pour réfléchir ! Je vais me coucher plus loin. Quand tu en auras marre de hurler, tu me feras signe ! Bonne nuit !

Logan ne fut pas long à s'installer de l'autre côté de l'âtre puis quelques instants plus tard, un léger ronflement signala à la jeune femme qu'il s'était endormi.

Elle avala quelques bouchées de son repas, mais son esprit continua de vagabonder. Et ce fut très tard dans la nuit, qu'elle s'endormit enfin.

Chapitre 6

Les rayons du soleil avaient du mal à percer en ce début de matinée. De gros nuages noirs courraient dans le ciel. Cela ne présageait rien de bon pour les heures à venir. Un petit vent cinglant s'était levé. Depuis le matin, Morgane et Logan ne s'étaient pratiquement pas parlé puisqu'ils n'avaient échangé que des banalités. Elle avait ainsi appris que sa voiture était tombée en panne non loin de là et que c'était grâce à cela qu'il avait pu la secourir la veille au soir.

Pendant qu'il rangeait ses affaires dans son sac à dos, la jeune femme l'observait. C'était indéniable. Il était bel homme même très bel homme. Brun, les cheveux courts, le teint mat, deux yeux bleus superbes et une bouche qui ne demandait qu'à être embrassée. Le souvenir de leur nuit passée lui amena le rouge aux joues.

— L'inspection est-elle concluante ? demanda-t-il les yeux rieurs.

Morgane rougit et baissa les yeux. Il ne semblait plus lui en vouloir. Pourtant, les deux amants de la nuit passée n'existaient plus.

Et lors du petit-déjeuner, elle lui avait expliqué sa présence en ces lieux. Elle visitait la région et offrait ses services dans les fermes contre le gîte et le couvert.

Ils se quitteraient dans peu de temps. Elle ne saurait jamais la vérité sur grand-père Willis. Mais était-ce seulement cela qui la peinait ? Elle n'avait jamais rien ressenti de tel auparavant.

Puis soudain, il fut près d'elle et la serra dans ses bras.

— Je ne sais pas ce qu'il m'arrive, mais je ne peux pas te laisser partir.

— Moi, non plus, je ne peux pas vous quitter. Mais ce ne serait pas raisonnable. Nous nous connaissons à peine.

— Ne dis pas ça ! Tu m'as bien dit que tu cherchais du travail, n'est-ce pas !

— oui, c'est vrai. Mais…

— Il n'y a pas de mais qui compte ! J'ai peut-être un travail pour toi. Mais cela est assez spécial. Je ne sais si tu accepteras.

— Dis toujours.

Elle avait repris le tutoiement sans s'en rendre compte.

— Veux-tu être ma fiancée ? Du moins, le temps nécessaire. Tu seras largement payée et tu n'auras qu'à jouer un rôle de femme éperdument amoureuse. Ce que je pense ne sera pas trop difficile.

La nouvelle estomaqua la jeune femme. Elle s'attendait à tout sauf à cela. Elle pensait qu'il lui proposerait un poste de lad.

Elle cacha néanmoins sa surprise et poursuivit.

— Mais pourquoi me demandes-tu cela ? Il doit bien y avoir dans ton entourage de jolies femmes qui ne demandent qu'à te rendre ce service. Nous nous connaissons que d'hier au soir.

— C'est à toi que je demande ce service, pas à elles. Tu seras bien rémunérée si c'est cela qui t'inquiète !

— Comment oses-tu ? Je ne suis pas une fille que l'on achète, mais qui travaille pour gagner sa vie honnêtement. De toute façon, je ne connais rien de toi.

À peine Morgane avait-elle prononcé ces paroles que ses joues devinrent cramoisies.

— Je pense jeune dame que tu as la mémoire courte. Alors acceptes-tu ?

Logan ne la quittait pas des yeux et attendait anxieusement sa réponse.

Morgane hésita un long moment. Ne serait-ce pas l'occasion rêvée de trouver enfin des preuves ? Elle pourrait tout à loisir faire son enquête.

— D'accord, mais il faudra que tu me donnes des détails sur toi, ta vie, tes amis. Enfin, tout ce qu'une fiancée doit savoir.

— Nous verrons cela en chemin. Il nous faut nous hâter. La voiture n'est pas très loin et je pense avoir trouvé la panne. Cette voiture me fait toujours le même coup lorsqu'il pleut. Elle cale et puis plus rien. Il faudrait que je pense un de ces jours à en changer.

Mais Morgane n'écoutait plus Logan . Elle ne pouvait quitter cette vieille maison. Désormais, un lien les unissait tous les trois.

— Mais que fais-tu ?

— On ne peut pas partir comme cela. Il faut que je prenne une photo !

— Pour quoi faire ? C'est une vieille bâtisse à l'abandon !

— Moi, je la trouve très belle ! À qui appartient-elle ?

— À moi.

— À toi ?

— Oui à moi et je ne tiens pas à en parler. Dépêchons-nous de retrouver la voiture avant que la pluie ne retombe.

Morgane grimpa sur le dos de Logan et ils quittèrent les lieux. Il leur fallut une bonne heure pour atteindre le véhicule. Ils durent faire plusieurs haltes. La jeune femme souffrait trop de l'inconfort de sa position et sa cheville avait encore enflé. Mais ils arrivèrent enfin près du véhicule. Une vieille range Rover qui avait bien besoin de prendre sa retraite. Maintenant, en voyant le véhicule, elle comprit pourquoi Logan était tombé en panne. Le capot avant était en très mauvais état et l'eau n'avait pas eu de mal à s'infiltrer parmi les fils électriques.

La jeune femme se mit à l'abri et admira les alentours pendant que Logan inspecta le moteur. Les jeunes feuilles des arbres étaient apparues en quelques jours. Les oiseaux chantaient dans les arbres. Comme ils auraient été bien tous les deux mais, il fallait se faire à l'idée que jamais elle ne pourrait vivre et aimer Logan avec le secret qu'elle portait maintenant comme un fardeau. Elle avait rencontré l'amour. Un amour impossible.

Un quart d'heure plus tard, ils roulaient en direction du haras des Trois Galops.

Chapitre 7

La propriété était immense et ils ne mirent que vingt minutes pour s'y rendre, ce qui surprit Morgane sur le moment. Logan aurait pu très facilement se rendre à pied au domaine lorsque sa voiture était tombée en panne. Mais l'émerveillement de ce qu'elle découvrait lui fit oublier son étonnement. Il ne s'agissait pas d'une simple bâtisse, mais d'un authentique château ayant appartenu au dix-septième siècle à un riche aristocrate. La longue allée qui menait au haras était bordée de chênes centenaires. Morgane n'en avait jamais vu d'aussi vieux. L'admiration lui arrachait des cris de surprise.

— Tu ne t'attendais pas à cela, lui demanda Logan.

Morgane ne répondit rien.

— Tu n'avais donc jamais entendu parler du haras des Trois Galops, continua-t-il.

— Si, mais je ne m'attendais pas à ce qu'il soit si grand !

— Mais ma chère fiancée, il va falloir t'y habituer. Tu as un rôle important à jouer. Et je ne doute pas un seul instant que tu sois une fiancée tout à fait comme il faut ! Ah, une question très importante. Sais-tu monter à cheval ?

La question surprit la jeune femme. Que devait-elle répondre ? Qu'elle était une cavalière émérite ou bien une simple débutante.

— Je monte un peu, s'entendit-elle répondre.

— Bien, nous ferons en sorte pour que tu deviennes une bonne cavalière. Mais pour l'instant, je pense qu'il y a plus urgent. Tu dois faire soigner cette cheville.

La discussion semblait close. Et Morgane n'osa aller contre l'humeur de l'homme assis au volant. La voiture roulait à faible allure, permettant à la jeune femme de découvrir la propriété de son fiancé. Une effervescence régnait dans la cour d'honneur. Des palefreniers, des lads tenant par les rênes des chevaux circulaient en tous sens. Morgane n'en avait jamais vu autant. C'étaient de magnifiques bêtes racées.

Soudain, elle eut l'arme à l'œil. Lady, comme elle lui manquait. Mais sa peine s'estompa rapidement à la vue d'un tel endroit. L'ensemble des écuries et des bâtiments annexes encadrait la magnifique maison de maître. Le style s'harmonisait parfaitement avec la nature. Ce n'était que bois et pierre. Morgane fut saisie par la beauté du site. Elle n'avait jamais rien vu de tel et la beauté du décor lui fit oublier quelques instants sa cheville et sa mise défaite. Mais serait-elle à la hauteur de la tâche qui l'attendait ? Elle avait un double rôle à jouer.

Palefreniers, lads s'activaient autour des chevaux et saluaient au passage le véhicule du maître des lieux.

Morgane n'avait qu'une envie, celle de découvrir ce monde qu'elle ne connaissait pas. Des oh, des ah de surprises continuaient à ponctuer chacune de ses phrases. Elle avait envie de tout savoir, de comprendre comment fonctionnait une telle propriété.

— Doucement, jeune dame. Une question à la fois.

— Tu te moques de moi. Tout cela est nouveau pour moi et il est normal que je sois curieuse.

— Mais je ne me moque pas de toi ! Le moment venu, tu auras accès à tout ce que tu veux. Tu es dans ta future maison, non ? Mais à mon avis, il vaudrait mieux attendre un peu avant de faire connaissance avec tout cela que tu prennes un bon bain. Ce n'est pas que je ne te trouve pas jolie comme tu es, mais je préférerais que mes employés découvrent la future madame Brenner dans ses beaux atours.

— Mufle ! Comment oses-tu ?

Mais le rire de Logan, devant la mine dépitée de la jeune femme, ramena le calme dans la voiture et elle se mit à rire aussi.

— Tu as raison. Je dois être présentable. Ne suis-je donc pas ta fiancée ?

Logan arrêta brusquement le véhicule et se tourna vers elle. Il lui prit le visage entre les mains et déposa un baiser sur ses lèvres. Ses caresses se firent plus pressante et la jeune femme n'eut qu'une hâte, se retrouver une nouvelle fois dans les bras de cet homme. Mais ce moment d'enchantement ne dura pas, car soudain, il la lâcha et reprit sa conduite.

— N'ai-je pas répondu à ta question ?

Comment osait-il la traiter ainsi. Elle était son jouet. Il n'avait qu'à claquer des doigts et elle accourait. Elle se comportait en véritable gamine et ce n'était pourtant pas son genre. Les cheveux en bataille et la mise défaite, Morgane resta sans voix. La colère gronda en elle et telle une furie, elle le gifla puis se mit à sangloter. Surpris par ce geste inutile, Logan devint de glace.

— J'espère que ton geste t'a fait du bien, car nous arrivons. Et si nous avions été seuls, je peux t'assurer que j'aurai réussi à t'enlever toute envie de recommencer. Sache que je ne frappe jamais une femme, mais j'ai d'autres moyens beaucoup plus efficaces pour te rendre docile et amoureuse.

— Je te déteste !

— Reboutonne ton chemisier et souris. Le spectacle commence.

La voiture s'arrêta devant le grand escalier de la porte d'entrée. La jeune femme eut juste le temps d'apercevoir un homme d'un certain âge s'avancer vers la voiture pour les accueillir. Elle n'avait que peu de temps pour faire bonne figure et être présentable.

Logan descendit le premier et se dirigea vers le vieil homme. Il lui demanda de faire préparer une chambre pour la venue imprévue de sa fiancée, mademoiselle Morgane Smith. À cette nouvelle, le visage du vieil homme s'éclaira et il ôta son chapeau, prêt à accueillir sa future maîtresse. Cette image émut la jeune femme et elle se sentit soudain assez forte pour jouer ce rôle. Très prévenant, Logan la porta à l'intérieur de sa nouvelle maison. Les dés étaient maintenant lancés. Il fallait avancer dans la partie et surtout que le meilleur gagne.

Chapitre 8

Le martèlement des sabots des chevaux dans la cour la réveilla. Elle avait choisi une chambre donnant sur la cour d'honneur parmi toutes celles qu'on lui avait proposées. Sa cheville la faisait encore souffrir malgré les calmants que lui avait prescrits le médecin. Elle avait un beau plâtre blanc sur lequel Logan avait apposé ses mots : À ma fiancée avec amour.

Il savait si bien jouer la comédie et Morgane aurait aimé que toutes ses déclarations soient vraies. Mais le jeu avait commencée et Logan était un grand acteur.

La pendulette sur la cheminée indiquait la demie de dix heures et pourtant il lui sembla qu'elle venait tout juste de s'endormir. Elle n'avait pu résister à l'invitation de son fiancé et ils avaient, à nouveau, tous les deux passé une nuit merveilleuse. Il avait même emménagé toutes ses affaires dans la chambrez de la jeune femme. Elle ne savait plus que penser de ses sentiments. Elle était tombée amoureuse de son ennemi. Mais qu'en était-il pour lui ? Il jouait parfaitement la comédie du fiancé éperdument épris de sa future femme. Il s'était levé à l'aube. Il n'y avait plus que ces draps froissés pour témoigner de sa présence de la nuit dernière.

Difficilement, elle sortit du lit et regarda par la fenêtre. Un beau ciel bleu avait fait place à l'orage de la veille. L'homme qui occupait toutes ses pensées se trouvait au milieu de la cour et donnait des ordres à ses employés. Il lui tournait le dos et elle pouvait, tout à loisir, admirer son corps musclé. Il portait un jean moulant et une chemise blanche. Même dans cette tenue, il ne passait pas inaperçu. Elle ne pouvait en détacher son regard. L'homme, mu comme par un pressentiment, se retourna et leurs regards se croisèrent. Aussitôt, Morgane rabaissa le rideau et se dirigea vers la salle de bain.

Elle remarqua que ses vêtements avaient été lavés et repassés et qu'une paire de béquilles avaient été déposée près de l'armoire. Elle décida donc de s'habiller. Mais elle ne pouvait enfiler son jean puisqu'une des jambes du pantalon resta bloquée à cause de l'épaisseur du plâtre. Elle avait beau tirer dans tous les sens. Elle était bel et bien coincée dans une position qui n'avait rien de flatteur. Elle maugréa et tenta d'atteindre le téléphone posé sur la table de nuit. Mal lui en prit puisqu'elle s'étala de tout son long sur le parquet, jurant après cette situation qu'elle ne maîtrisait pas lorsqu'elle entendit la porte de la chambre s'ouvrir. Et le rire qu'elle entendit lui fit grommeler ces mots :

— Au lieu de te moquer de moi, tu ferais mieux de m'aider !

— Laisse-moi le temps d'admirer tes jolies jambes, répondit Logan avec son plus beau sourire.

— Arrête de dire des bêtises et aide-moi plutôt. Je ne tiens pas à ce que quelqu'un d'autre me voit dans cette position !

— D'accord, d'accord. Ne te fâche pas. Je n'ai pu résister au plaisir.

Puis il lui attrapa le pied plâtré et tira un coup sec sur le jean. Puis il l'aida à se relever et l'installa sur le lit.

— Voilà jeune dame. Mais je pense qu'il va falloir renouveler ta garde-robe. Laisse-moi regarder dans ton sac.

— Non ! Laisse. Je peux le faire toute seule.

— Ne t'inquiète pas. Je ne froisserai rien.

Pendant qu'il cherchait dans le sac, un autre pantalon, Morgane s'inquiétait. Il ne fallait surtout pas qu'il trouve son portefeuille. Mais ne trouvant pas ce qu'il voulait, il vida le contenu du sac sur le lit et le portefeuille tomba à terre. Pendant quelques secondes, Morgane s'arrêta de respirer. Mais il le ramassa et le posa sur le lit.

— Je pense que celui-là devrait t'aller. Il est plus large au niveau des jambes.

Logan n'avait rien remarqué et elle se laissa aller à un soupir de soulagement. Ce qui lui fit aussitôt relever la tête.

— Que t'arrive-t-il ? Tu es toute blanche.

— Ne t'inquiète pas. Cela doit être la faim.

Il l'aida à enfiler son pantalon, puis sortit quelques instants sur le palier.

— J'ai une surprise pour toi, cria-t-il du dehors de la chambre et il entra avec un fauteuil roulant.

— Je pense que tu seras plus à l'aise pour te déplacer. Il est temps que tu prennes quelque chose. Tu n'as rien mangé depuis hier soir.

En effet, l'estomac de la jeune femme criait famine et après une descente en ascenseur digne d'une reine, ils se retrouvèrent dans le hall d'entrée.

De magnifiques tableaux, représentant des chevaux et des chasses à courre, tapissaient les murs.

Trop fatiguée la veille au soir, elle n'avait pas remarqué la décoration luxueuse de la grande maison et elle se sentit soudain mal à l'aise. Elle n'avait jamais été habituée à un tel luxe. Un luxe royal. Quel jeu jouait-elle ?

Soudain, un bruit de pas se fit entendre et Morgane reconnut, John, le majordome qui les avait accueillis, à leur arrivée, la veille.

À sa vue, il ôta son chapeau pour la saluer. Il ne le quittait jamais même à l'intérieur.

— Votre petit-déjeuner est prêt dans la salle à manger, mademoiselle. Vous n'aurez qu'à choisir. J'ai préparé tout un assortiment de gâteaux ? Je peux même vous faire des crêpes si vous le désirez.

— Merci John. Mais une tasse de thé et quelques biscuits feront l'affaire. Vous n'auriez pas dû préparer tout cela pour moi.

— Cela ne pouvait pas me faire plus plaisir, mademoiselle.

— Et pour moi, cela sera une tasse de café, John.

— Oui, oui, Monsieur Brenner, mais attendez que j'aie fini de servir la demoiselle.

Ah cette réponse, Logan éclata de rire.

— Et bien, je vois jeune dame que vous venez de gagner le cœur de mon majordome et de mon cuisinier.

En écoutant son patron, le vieil homme ne sut plus quelle attitude adopter.

— Ne vous inquiétez pas, John. Je suis heureux de voir que ma fiancée est aussi bien servie. Et je sais maintenant que vous veillerez sur elle lorsque je serai absent.

— Bien sûr monsieur. Vous savez que vous pouvez compter sur moi.

— Je ne le sais que trop. Merci John.

Le vieil homme quitta la pièce tout sourire. Morgane n'avait pas perdu une miette de la discussion.

— Il te plaît ?

— Il est charmant et attentif..

— Sache que je ne m'en séparerai jamais. Sa maison est ici. Normalement, il est en retraite, mais il refuse de quitter son poste. Il tient à me préparer tous mes repas. Et cela, il le fait depuis ma plus tendre enfance. En mon absence, il surveille la bonne marche de la maison. Il est mes yeux et mes oreilles.

À ces mots, Morgane opina de la tête. Ce vieil homme lui plaisait aussi beaucoup.

Logan se resservit une autre tasse de café et s'installa en face d'elle. Il formait un vrai couple déjeunant ensemble. Il ne la quittait pas des yeux et au souvenir de ce qu'il s'était passé entre eux la veille au soir, elle ne savait quelle attitude adopter. Elle rougit sous son regard. Elle connaissait tout de son corps, mais rien de sa vie.

— Je suis désolé, commença-t-il. Je t'ai mise dans une situation qui ne doit sûrement pas te plaire. Je n'avais pas le choix. Je ne pouvais pas faire autrement.

Logan semblait nerveux et elle préféra l'écouter sans l'interrompre.

— Lorsque je t'ai trouvé à la vieille maison, j'ai pensé, tout de suite, que tu pourrais m'aider. Mais maintenant, je me demande si…

— Je t'ai promis que je t'aiderai. Je tiendrai ma promesse, le coupa-t-elle.

— La tâche ne sera pas aisée d'autant plus que tu auras une réception à organiser pour la vente des purs sangs et cela ne te laisse qu'un mois.

— Je devrais sûrement te laisser partir et regagner ta pension de famille.

Ce qui eut pour effet d'énerver la jeune femme.

— Il faudrait savoir ce que tu veux. Hier, je convenais parfaitement pour ce rôle et aujourd'hui plus du tout ! Je n'ai pas tellement changé en une nuit, il me semble, et tu devrais t'en souvenir. Je suis capable même avec un plâtre, d'organiser une réception Monsieur Brenner !

— Logan. Il faut dire Logan. Mais je n'ai pas oublié la dernière nuit et j'espère qu'il y en aura d'autres.

Morgane ne s'était pas rendu compte de son emportement. Il lui avait saisi le poignet et le caressait du bout des doigts. À ce simple contact, elle se sentit fondre et retira vivement sa main.

Le silence qui s'en suivit se fit pesant.

Aucun des deux ne semblait vouloir reprendre la parole le premier. Puis Logan se décida enfin.

— Demain matin, je te reconduirai moi-même à ta pension de famille. Nous invoquerons une tante malade. Je ne désire pas t'impliquer dans une histoire qui pourrait te faire souffrir !

Il posa sa tasse sur le plateau et sortit silencieusement. Mais Morgane ne désirait pas partir. Elle l'aiderait malgré lui s'il le fallait. Il semblait vouloir la protéger de quelque chose qu'elle ignorait. Elle était maintenant trop impliquée dans sa vie.

Ses pensées furent interrompues par l'arrivée des employés du haras. Il y en avait une bonne trentaine. Un à un, ils ôtèrent leur chapeau en se présentant puis un seul d'entre eux prit la parole.

— Mademoiselle, par ce modeste présent, nous voulons vous souhaiter la bienvenue et surtout vous offrir toutes nos félicitations pour vos fiançailles avec Monsieur Brenner.

Il ne semblait pas dans leurs habitudes de s'égarer dans une telle courtoisie.

Des pas résonnèrent à nouveau dans le couloir. Les employés baissèrent la tête, gênés, en apercevant leur patron. Tour à tour, Logan Brenner regarda le paquet que tenait la jeune femme dans ses mains et ses employés.

— Je voudrais vous dire que…

Mais Morgane ne le laissa pas terminer.

— Nous vous remercions Logan et moi de votre cadeau. Je ne sais que dire d'autre à part qu'il nous va droit au cœur. Je suis heureuse que le haras des Trois Galops ait de tels employés.

À aucun moment, Morgane n'avait regardé Logan. Elle n'aurait sûrement pas eu la force de terminer ses remerciements.

Puis lentement, il s'approcha d'elle, la prit par les épaules et l'embrassa sur la joue devant tout ce petit monde. Surprise par son geste, elle ne bougea pas. La comédie commençait bel et bien et elle venait d'en relancer le jeu en le forçant à ne pas la renvoyer à sa pension de famille.

— Ouvre ton cadeau. Ils attendent tous.

Rougissante, elle déchira le papier bleu et sortit une magnifique sculpture représentant un cheval de course.

Des larmes se mirent alors à couler sur les joues de la jeune femme. Cela faisait tellement longtemps qu'un cadeau ne l'avait rendue si heureuse. Elle les remercia d'une voix enrouée par l'émotion et fit rouler tant bien que mal son fauteuil roulant, pour se réfugier dans sa chambre. Les hommes restèrent perplexes. Ils n'osèrent regarder leur patron qui les remercia et leur demanda de reprendre leur travail.

Chapitre 9

Cela faisait maintenant trois semaines qu'elle séjournait chez Logan Brenner. Sa cheville ne la faisait plus souffrir et son plâtre lui avait été enlevé la veille au soir. Son immobilisation lui avait permis de préparer la réception pour la vente des chevaux. Elle avait collé tant et tant d'enveloppes d'invitations, téléphoné à bon nombre de traiteurs et fleuristes qu'elle serait prête, lorsqu'elle quitterait le haras des Trois Galops, à se lancer dans l'organisation de réceptions. C'était le choix de sa robe qui lui avait posé le plus de problèmes. Mais Logan n'aurait pas honte d'elle. Elle la tenait cachée dans sa penderie jusqu'au grand jour. Elle avait adoré cette tâche que Logan lui avait confiée. Et de plus, elle aimait cette nouvelle vie au milieu des chevaux et surtout ses nuits passées auprès de Logan.

Morgane connaissait maintenant parfaitement la propriété. Au début, lorsqu'elle ne pouvait se déplacer aisément avec sa cheville, elle avait visité entièrement la grande demeure avec ses grandes salles. Elle admirait surtout le magnifique mobilier et les bibelots dont certains étaient d'une très grande valeur. Devant tous ses trésors, la jeune femme se sentait à l'aise. Sa vraie place se trouvait ici aux Trois Galops. Mais elle n'avait toujours rien trouvé concernant son grand-père. Cela l'exaspérait au plus haut point. Personne ne parlait de cette vieille histoire et elle n'avait rien trouvé qui pouvait s'y rapporter.

Aujourd'hui, elle devait sortir en compagnie de Logan. Elle devait monter une jument calme pour ses premières sorties. Il n'allait pas tarder à arriver et elle se dépêcha d'appeler Madame Spilder afin de lui annoncer qu'on lui avait enlevé son plâtre. Elle en profita pour demander des nouvelles de Jack et de sa pouliche Lady. La vieille dame était très inquiète à son sujet, mais Morgane sur la rassurer.

— Ne vous inquiétez pas. Tout va bien. Je n'ai malheureusement   rien trouvé. Mais je crois que je l'aime.

Logan arriva sur cet entre fait et demanda.

— Qui aimes-tu ?

— Je dois vous laisser. On m'attend. Au revoir.

Et Morgane raccrocha.

— À qui parlais-tu ?

— Oh ! À la dame qui s'occupe de la pension de famille. Elle s'occupe de mon courrier.

— Ah ! Tu es prête pour ta leçon d'équitation.

— Oui, allons-y.

Ensemble, ils quittèrent le bureau.

Logan avait fait amener les chevaux dans la cour d'honneur. Un jeune palefrenier les tenait par les rênes. À la joie de pouvoir de nouveau monter, Morgane oublia d'être prudente et se présenta directement sur la gauche de la jument afin de mettre son pied dans l'étrier. Logan l'observa en silence puis souleva le pied afin de la mettre en selle.

— Nous sortirons au pas afin que tu t'habitues à ta monture. Il faut veiller à ta cheville. Elle est encore fragile.

Morgane se maugréa. Quelle sotte avait-elle été pour oublier qu'elle lui avait dit qu'elle n'avait que très peu monté auparavant. Elle devrait se surveiller. Grisée par la promenade, elle oublia cet incident et chevaucha le plus naturellement possible aux côtés de Logan. Cette sortie lui avait fait grand bien. Ses joues étaient rosies de plaisir.

— Nous recommencerons si tu le désires, lui dit-il ravi de la voir si heureuse.

— Oh, oui. J'ai adoré cela !

— J'ai remarqué que tu étais une très bonne cavalière. Tu n'as pas du tout me dire. Monter un peu pour toi, veux sans doute dire très souvent ?

— Oh, je ne me trouve pas si bonne cavalière que cela. Il me faudra du temps avant d'arriver à ton niveau.

Logan était pensif.

— Je pense que tu es capable de te débrouiller sans moi, mais je t'interdis d'aller plus loin que ce que nous avons été aujourd'hui. Tu ne connais pas bien la région. Je te fais confiance et je pense que tu ne chercheras pas à outrepasser mes ordres. De toute façon, je veux que tu m'avertisses avant chacune de tes promenades.

— Ne sois pas si inquiet.

— J'ai mes raisons. Promets-le-moi.

— D'accord ! Si cela peut te faire plaisir. Je te le promets.

Morgane était surprise par cette demande. Elle ne risquait rien. Qu'elle était donc la raison de cette inquiétude ? Elle ne le sut malheureusement pas. Logan avait du travail qui l'attendait et il laissa donc la jeune femme rentrer seule à la maison. Morgane était heureuse. Maintenant, elle avait la possibilité de monter seule la jument. Mais pour aller où ? Bien sûr, il y avait la cabane de grand-père Willis, mais il y avait la promesse faite à Logan et elle ne connaissait pas assez la région pour s'y aventurer seule.

Tout en prenant sa douche après cette chevauchée qui l'avait épuisée, elle se demanda combien de temps durerait cette mascarade. Elle voyait très peu Logan la journée. Le haras l'absorbait tellement. Et la jeune femme se sentait bloquée dans son enquête. Personne ne semblait vouloir parler de cette histoire ancienne et comment savoir sans éveiller les soupçons.

Elle soupira. Elle décida d'aller se promener dans le petit jardin derrière les écuries. Elle ne connaissait pas bien cet endroit. Elle serait au calme pour réfléchir. Cela ne faisait qu'un quart d'heure qu'elle était assise sur un banc lorsque ses pensées furent interrompues par l'arrivée d'Henri, le jeune palefrenier.

— Bonjour mademoiselle. Il fait beau ce matin.

Le jeune homme ne semblait pas très à l'aise de lui adresser la parole. N'était-elle pas la fiancée du patron ?

— Oui, c'est vraiment un temps agréable, s'entendit-elle répondre.

Puis il commença à triturer son chapeau, ne sachant comment réamorcer la conversation. Puis enfin il demanda :

— J'étais venu voir si ça vous plairait de faire un tour à cheval avec moi.

Surprise par cette demande, la jeune femme ne sut quoi répondre. Mais cette offre n'était-elle pas la bienvenue ? En compagnie d'un employé, elle n'aurait sûrement pas besoin de la permission de Logan et puis aurait-elle à nouveau cette chance ? Non, elle ne le pensait pas. De toute façon, elle ne risquait rien avec ce jeune palefrenier.

En moins de dix minutes, ils avaient quitté les alentours de la propriété. Ils comparaient leur talent équestre en menant leur monture au galop.

Au bout d'une heure à cette allure, la fatigue gagna la jeune femme et elle s'arrêta à l'ombre d'un chêne. Le jeune homme en fit autant.

— Je suis morte, s'écria-t-elle, en se laissant tomber mollement dans l'herbe. Elle ferma un instant les yeux et écouta le gazouillis des oiseaux. Que la nature était belle et dans un mois ce serait l'été.

Le jeune homme la tira de ses pensées en lui chatouillant le nez avec un brin d'herbe. Surprise, elle releva la tête et le regarda droit dans les yeux. Henri semblait avoir perdu toute sa timidité et d'un geste qui la surprit, il plaqua ses lèvres sur les siennes. Morgane eut beau se débattre, mais le jeune homme continua son exploration en glissant ses mains sous le chemisier de la jeune femme. Tout le poids de l'homme était maintenant sur elle. Après maints efforts, elle lui assena un violent coup de genou dans l'estomac. De douleur, Henri roula sur le côté. Morgane se remit aussitôt debout. Ses cheveux étaient en désordre et son chemisier déchiré.

— Ne recommencez jamais ça, vous m'entendez ? hurla-t-elle.

Henri se releva lentement en se maintenant le ventre.

— Veuillez me pardonner ? Je ne sais pas ce qui m'a pris de faire ça. Vous êtes tellement belle. Que puis-je faire pour me faire pardonner ?

Le jeune homme semblait sincère et une idée germa dans la tête de la jeune femme. Pourquoi ne l'emmènerait-il pas jusqu'à la vieille cabane ? Henri devait sûrement en connaître le chemin. Ce n'était pas du chantage, mais elle devait à tout prix y retourner.

— Henri, je peux oublier ce qu'il vient de se passer et ne pas en parler à Monsieur Brenner à la condition que vous me conduisiez à la vieille maison en bois.

— C'est que mademoiselle, le patron nous a interdit d'y aller.

— Comment cela ? Je ne vois pas pourquoi.

— C'est un endroit dangereux. Depuis cette vieille histoire, le patron est resté nerveux. Apparemment, cette maison serait hantée par le vieux Willis.

À l'évocation de ce nom, Morgane sursauta.

— Le vieux Willis ! Qui est le vieux Willis ?

— C'est une vieille histoire. C'est un des palefreniers qui me l'a raconté. Autrefois, le vieux Willis travaillait au haras et il y a mis le feu. Il a été arrêté et mis en hôpital psychiatrique.

Puis après ces quelques mots, le jeune homme rajusta son chapeau et se dirigea lentement vers sa monture. Mais il en avait trop dit ou pas assez dit au goût de la jeune femme.

— En sommes-nous loin ? continua-t-elle.

— Non pas vraiment, mais…

— Il n'y a pas de mais ! J'aimerais y retourner. Juste quelques minutes. Je ne l'ai vu que de nuit et j'adore les histoires de fantômes.

Elle savait qu'il ne pourrait rien lui refuser étant donné sa conduite d'avant.

Henri hésita un instant puis accepta.

Il ne leur fallut que vingt minutes pour y arriver. La maison avait un aspect plus sinistre que dans son souvenir. La moitié du toit était effondré. La plupart des vitres étaient brisées. Avec précaution, ils ouvrirent la porte.

Au premier coup d'œil, elle s'aperçut du changement. L'intérieur avait été rangé. Des meubles avaient disparu. Sa mémoire devait lui jouer des tours car qui pouvait s'intéresser à ce bric à broc ? Henri ne tenait pas en place et n'avait qu'une hâte, celle de rentrer.

— Mademoiselle, il est temps de regagner le haras.

— Oui, oui, j'arrive !

Cette chevauchée avait pris plus de temps que prévu, car déjà le soleil commençait sa descente dans le ciel. L'air se fit plus frais. Henri semblait pressé de rentrer. Mais il devait sans cesse ralentir pour attendre la jeune femme. La monture de celle-ci avait perdu un fer et ils ne seraient rentrés qu'à la nuit.

Après trois heures d'une lente progression, ils arrivèrent en vue des Trois Galops. À l'entrée du domaine, Simon, le maréchal-ferrant les aperçut et actionna la cloche du rassemblement. En un rien de temps. Logan et ses hommes se retrouvèrent dans la cour d'honneur.

Simon se précipita au-devant d'elle et l'aida à descendre.

— Comment ça va mademoiselle ? lui demanda-t-il la voix chargée d'inquiétude.

— Très bien Simon. Simplement, ma jument a perdu un fer. C'est pourquoi nous arrivons si tard. Mais que se passe-t-il ? Pourquoi tout ce remue-ménage.

Le vieil homme la regarda d'un air gêné avant de lui répondre :

— Lorsqu'à son retour, le patron s'est aperçu de votre absence, il nous a tous mis en alerte. La région est dangereuse pour qui ne la connaît pas.

Simon ne lui disait pas tout. Cela, elle en était certaine.

Soudain, à l'approche de Logan, les hommes se turent et retournèrent vaquer à leurs occupations en ramenant les deux montures à l'écurie. Il s'approcha des deux jeunes gens d'un air qui n'avait rien de bon.

— Henri ! Je veux vous voir dans mon bureau dans une heure ! lui cria-t-il.

Cela ne présageait rien de bon non plus pour elle. Puis il s'arrêta net devant la jeune femme, le regard noir de colère.

— Rentrez à la maison vous changer ! Votre chemise est déchirée ! Vous allez attraper froid !

Le ton mordant qu'il employa la fit frémir puis il l'empoigna par le bras et l'entraîna à sa suite vers la maison.

— Lâche-moi ! Tu me fais mal ! hurla-t-elle en se débattant.

Il s'arrêta, la regarda et desserra son étreinte.

Lorsqu'ils furent dans le hall, Morgane courut se réfugier dans sa chambre, décidée à ne pas se laisser intimider. Elle prit son sac à dos qui se trouvait dans l'armoire et y enfourna toutes ses affaires. Mais elle ne resta pas longtemps seule, car soudain la porte de la chambre s'ouvrit avec fracas et Logan entra. Il se tenait bien droit contre celle-ci, empêchant toute tentative de fuite. Ignorant sa présence, elle continua d'emballer ses affaires.

— Que fais-tu ?

— Cela ne se voit pas ! Je pars ! J'en ai plus qu'assez de tes sautes d'humeur. C'est toi qui l'as voulu cette mascarade et bien continue-la tout seul Logan Brenner !

Morgane n'en pouvait plus. Comment un homme pouvait-il être aussi odieux ?

Lui prenant son sac des mains, il le jeta à terre et s'approcha lentement d'elle en ne la quittant pas du regard.

— Tu n'iras nulle part !

Il lui tenait les bras. Ses yeux noirs la fixaient et une lueur étrange y brillait. Morgane se sentit attirée par ce regard et ne les quitta plus. Il caressa son visage d'une main douce et déposa un baiser sur ses lèvres. Une petite voix lui disait qu'elle ne devait pas y répondre, mais elle se sentait tellement en sécurité entre ses bras. Comment cet homme, en quelques semaines, avait-il pu prendre autant de place dans son cœur. Car elle l'aimait. Oui, elle l'aimait. Mais il ne gagnerait pas de cette façon. Elle avait sa fierté et il n'aurait certainement pas le dernier mot. S'arrachant brusquement à son étreinte, elle le gifla.

— Comment oses-tu ? Tu n'as aucun droit sur moi. Je ne désire plus jouer à cette comédie. Je n'ai toujours pas compris pourquoi tu m'as demandé cela, hurla-t-elle.

Il ne devrait surtout pas savoir qu'elle était tombée amoureuse de lui.

— Tais-toi ! Tu ne sais rien de rien ! Et toi, pourquoi t'intéresses-tu à cette vieille maison ?

Morgane le regarda d'un air stupéfait. Il avait l'art de retourner une conversation à son avantage.

— Je ne vois pas pourquoi je m'intéresserais à une vieille bicoque comme celle-là !

Son ton se voulait léger, parfaitement indifférent, mais elle n'était pas maîtresse dans l'art de cacher ses sentiments.

Logan s'assit sur le lit et la pria d'en faire autant.

— Si tu me disais la vérité. Il y a très peu de personnes à connaître cet endroit.

Le ton de sa voix invitait à la confidence.

— Tu aurais tout à perdre en quittant les Trois Galops, continua-t-il.

Morgane le regarda d'un air stupéfait, puis sans bruit, il quitta la chambre. Il lui laissait la chance de s'expliquer. À cet instant, la pièce lui parut triste et vide sans lui.

Chapitre 10

Morgane avait changé de vêtements. Elle avait pris tout son temps afin de remettre en question la confiance qu'elle pouvait témoigner à l'homme qu'elle aimait. Il se doutait de quelque chose. Cela maintenant, elle en était certaine. Mais comment lui dire la vérité ? Il ne la croirait plus. Et s'il la mettait dehors, elle ne s'en remettrait jamais. Comme elle l'aimait. Un homme comme lui ne pouvait qu'être juste et honnête. De plus, elle avait entrainé dans cette histoire un jeune employé du ranch. Par sa faute, il se ferait sûrement renvoyer.

La jeune femme s'assit sur son lit et se mit à pleurer. Elle était loin d'imaginer que sa vie aurait pris un tel tournant en un mois seulement, sa rupture avec Jack et ses fiançailles fictives avec Logan. Où tout cela allait-il la mener ? De rage, elle essuya ses larmes du revers de sa manche. Elle renifla un bon coup. De toute façon, il était trop tard. Les dés étaient jetés. Elle devait descendre et retrouver Logan dans son bureau.

Henri devait déjà s'être expliqué avec son patron. Elle se sentait responsable et elle ne pouvait laisser le jeune homme affronter seul la colère de Logan Brenner. Bien sûr le jeune homme avait tenté de la séduire, mais bon elle avait su se défendre.

D'un pas décidé, elle descendit au rez-de-chaussée par les escaliers et se dirigea vers le bureau du maître des lieux. Soudain alertée par une voix qu'elle ne connaissait pas, elle stoppa net devant la lourde porte de chêne et posa son oreille contre le montant afin d'entendre ce qu'il s'y disait. Mais elle n'arrivait à comprendre que quelques bribes de la conversation. Elle savait très bien que cela ne se faisait pas, mais la curiosité fut de nouveau la plus forte.

— Logan, mon chéri…. Pour toi…

Une femme ! Mon Dieu ! Qui pouvait-elle donc être ? La voix était langoureuse. Une sonnette d'alarme tinta dans son subconscient et elle sut à cet instant qu'elle devrait être la plus convaincante des fiancées lorsqu'elle se retrouverait en présence de cette inconnue. Morgane écouta à nouveau.

— Tu ne peux pas faire cela…, continua l'inconnue.

Soudain, des pas dans le couloir attirèrent l'attention de la jeune femme qui se précipita vers la cuisine.

John était là autour de ses fourneaux et silencieux comme à son habitude.

— Vous n'auriez pas une petite tasse de thé et un petit biscuit pour moi. J'ai une petite faim, lança-t-elle tout de go en entrant.

— Vous avez raté l'heure du dîner. Vous ne préféreriez pas une bonne tranche de rosbif avec quelques pommes de terre.

— Non merci John. J'ai l'estomac barbouillé depuis quelque temps. Une tasse de thé suffira.

Elle prit place à la table de la cuisine. Le vieil homme semblait perturbé par quelque chose que la jeune femme ignorait.

Puis il marmonna quelques mots que Morgane ne comprit pas et déposa devant elle une tasse de thé et une assiette de biscuits encore chauds.

John semblait pour une raison inexpliquée de très mauvaise humeur. Il n'arrêtait pas de ronchonner et de faire beaucoup de bruit avec ses ustensiles de cuisine.

Inquiète, Morgane posa sa main sur le bras du vieil homme.

— John. Qu'est-ce qui ne va pas ?

— La vipère est de retour !

— De quelle vipère parlez-vous ? Je n'y comprends rien.

— Faites très attention à vous, Mademoiselle Morgane ! La vipère est de retour !

La jeune femme n'en sut pas plus, car il retourna à ses fourneaux. Cela devait être grave pour qu'il parle ainsi de la personne qui se trouvait dans le bureau de Logan. Lui qui était d'ordinaire si discret, si calme. Apparemment, elle n'était pas la bienvenue au haras des Trois Galops. Les paroles du vieil homme la bouleversaient. L'arrivée de cette femme semblait réveiller de vieux démons. Mais de quoi ou de qui avaient-ils donc tous peur ? Morgane maintenant s'en doutait. Il ne pouvait s'agir que de l'inconnue qui se trouvait dans le bureau de Logan. Elle essaya d'extirper à John d'autres informations, mais un mur avait fait place à l'être humain. N'ayant plus rien à faire à la cuisine, elle décida d'aller voir Simon, le régisseur du domaine. Peut-être pourrait-il lui donner des explications quant à l'avertissement de John ?

Elle le trouva occupé à nettoyer une selle. Pourtant ce n'était pas son travail, mais il aimait rester au plus proche des lads et des palefreniers. Elle en profita pour lui demander des nouvelles de la jument. Le fer que celle-ci avait perdu n'avait-il pas causé trop de dommages. Simon n'était pas très causant d'habitude, mais ce soir. Il était même de très mauvaise humeur.

— Plus de peur que de mal, lui répondit-il.

— Oh, tant mieux. J'ai eu tellement peur que par ma faute, elle ne boite à jamais.

Le régisseur ne répondit rien à cette remarque. Elle poursuivit donc.

— Et Henri ? commença-t-elle.

Elle s'en voulait tellement d'avoir obligé le jeune homme à l'emmener jusqu'à la vieille maison.

— Il a eu droit à un avertissement.

Sa réponse était froide et il ne la regardait même pas.

— C'est de ma faute Simon. Je l'ai obligé à m'emmener là-bas !

— Je le sais et le patron aussi !

Morgane se savait coupable et elle ferait tout ce qui serait en son pouvoir pour lever la punition du jeune palefrenier malgré sa conduite de l'après-midi.

— Je suis désolée Simon. Je ne voulais causer de tort à personne. Mais j'ai besoin de savoir ce qu'il s'est passé, il y a des années ici. Et ce que vous savez sur Edgard Willis. C'est important pour moi.

Après quelques moments d'hésitation, Simon raconta enfin.

— À vous, je peux faire confiance. Toute cette histoire remonte à une vingtaine d'années. Edgard Willis était riche à l'époque et possédait la moitié des terres que possède actuellement Monsieur Brenner. Mais il avait un mauvais penchant pour le jeu et l'alcool. C'était ce qui se disait à l'époque. Mais moi, je n'ai jamais cru un traître mot de tout cela. Quand il partait en ville, il restait là-bas plusieurs jours d'affiler à dépenser son argent et à se saouler. Ce n'était plus le même homme. On aurait dit que son esprit et son corps étaient occupés par un démon. Mais il n'a jamais rien voulu dire. Par contre lorsqu'il était au domaine, jamais on ne le voyait prendre une goutte d'alcool. Tout cela pour la plus grande satisfaction de Monsieur Brenner. Un jour l'argent ne suffit plus à éponger les dettes du pauvre vieux Willis et la justice a dû saisir ses biens. Le père de Logan Brenner lui racheta sa part du domaine et le laissa vivre à la vieille maison. On ne savait pas grand-chose de sa famille, à part qu'il avait un fils et une petite fille. Mais on ne les a jamais vus ici. Par contre, la vieille maison n'a pas toujours été ainsi. C'était une très jolie maison de bois avec tout le confort. Les mois passèrent et le vieux Willis ne devint plus que l'ombre de lui-même. Il y avait bien une femme qui venait le voir de temps en temps, mais je n'ai jamais su qui elle était. Il s'était mis à boire de plus belle et la boisson le rendait fou. Puis un jour, il a mis le feu aux écuries du domaine.

Morgane ne pouvait plus retenir ses larmes.

— Je n'aurai jamais dû vous raconter cette vieille histoire. Je n'ai réussi qu'à vous faire pleurer.

Depuis un petit moment, Simon la fixait d'un air songeur.

— Je m'étonne moi-même de ne pas y avoir pensé plus tôt. Mais plus je vous regarde, plus je me demande… Seriez-vous Morgane Willis, sa petite fille ? Le même nez, les mêmes yeux. Mais oui c'est cela ! Vous êtes forcément sa petite fille ! N'est-ce pas ? Dites-moi quelque chose.

Morgane prit peur. La conversation avait pris un tour qui la mettait dans une situation périlleuse.

— Simon, je vous demande de ne rien dire. Logan n'est pas au courant. Je croyais mon grand-père mort depuis dix ans et il n'est en fait décédé que depuis un mois. J'aime votre patron. Je voulais connaître la vérité, mais je ne crois toujours pas que mon grand-père ait mis le feu au domaine. Il est innocent.

Simon resta, quelques instants, indécis puis il répondit :

— Ne vous inquiétez pas. Votre secret sera bien gardé avec moi. J'ai toujours pensé qu'il y avait une autre personne présente le soir de l'incendie. Mais la police n'a jamais rien trouvé. Je pense que c'est plutôt cette vipère, qui vient d'arriver, qui est la cause de tout ce malheur. Bon, il est temps que j'aille manger un petit quelque chose et que j'aille me coucher. Demain, une grande journée nous attend.

Après cette conversation, Morgane n'avait nullement envie de dormir. Pourtant, sans bruit, elle monta dans sa chambre. Logan était fort occupé avec la visiteuse et n'aurait sûrement pas de temps à lui consacrer. Elle devrait donc attendre à plus tard pour les explications. Elle ne rencontra personne dans le couloir et elle se faufila rapidement vers sa chambre.

Quelle ne fut sa surprise, en y entrant, de constater qu'une femme l'attendait, assise sur son lit. Elle n'était pas aussi jeune qu'elle, mais un savant maquillage donnait l'illusion d'une femme d'une trentaine d'années.

— Surprise, n'est-ce pas, commença l'intruse.

Morgane se retrouvait enfin devant l'inconnue du bureau. Elle avait aussitôt reconnu sa voix. Elle était grande, blonde, mince et très élégante. Elle donnait l'aspect d'une femme aimable et serviable. Morgane ne s'y fit pas, car dès que celle-ci ouvrit à nouveau la bouche, elle comprit l'allusion au terme de vipère qu'avait utilisée John. Il lui convenait parfaitement.

— Je suis venue féliciter la future madame Brenner et vous avertir que Logan est à moi et que je ne crois nullement en vos fiançailles ! Je me suis renseignée sur votre compte et je sais qui vous êtes réellement ! Une menteuse ! Vous êtes bien la petite fille de ce vieux fou ! Qu'est-ce que je me suis amusée avec lui et il y a cru longtemps à mes promesses de mariage. Il ne savait quoi faire pour me faire plaisir. Et je lui ai tout pris. Son fils m'y a aidé, car lui aussi il était fou de moi ! Je le poussais à jouer et il aimait tellement le jeu qu'il a fini par avoir des dettes. Il s'est ruiné et il a ruiné son père. Alors si vous tentez quoique ce soit contre moi, je dirai à Logan qui vous êtes réellement. C'est-à-dire la petite fille du vieux fou de Willis !

Morgane la regarda, stupéfaite. Quelle haine ! La colère et les paroles de l'intruse la figèrent et elle ne sut quoi répondre à celle qui en savait beaucoup trop déjà. Elle eut soudain la nausée. Elle courut vomir dans les toilettes.

— J'espère que ce sont ces nouvelles qui vous rendent malade et non pas parce que vous êtes enceinte. Ça, je ne vous l'autoriserai même pas !

Satisfaite de l'impact de ses paroles sur la jeune femme dont le teint était devenu blafard, la visiteuse quitta la chambre. Ce petit intermède n'avait duré que quelques minutes, mais il avait paru à Morgane durer des heures. Elle savait que cette femme mettrait ses menaces à exécutions. Et ce fut avec beaucoup de mal qu'elle s'endormit cette nuit-là, non sans avoir fermé sa porte à clé. De toute façon, Logan semblait avoir déserté leur chambre à coucher. Et demain était le grand jour de la vente des chevaux. Il devait avoir encore fort à faire.

Mais à peine venait-elle de s'endormir que des coups frappés contre la porte de la chambre la sortirent de son sommeil.

— Ouvre-moi Morgane ! Bon sang, quelle idée as-tu eu de fermer cette fichue porte à clé ?

Logan semblait de méchante humeur. Et c'est dans un état de demi-sommeil qu'elle alla lui ouvrir.

Logan, nullement décidé à dormir, alluma la grande lampe de la chambre. Morgane s'était de nouveau recouchée.

— Tu ne peux pas savoir la peur que tu m'as faite cet après-midi ! Mais bon sang ! Pourquoi as-tu voulu aller à la vieille maison ? Si tu me l'avais demandé, je t'y aurai emmené !

La jeune femme l'écoutait en silence et attendait que la colère de l'homme, qu'elle aimait tant, fût passée avant de s'expliquer. Logan finit par se calmer et s'assit au bord du lit, tout près d'elle.

— Ne te fâche pas. Tout est de ma faute. Avec la préparation de la réception, j'ai eu besoin de prendre l'air. Et l'idée d'une promenade près de la vieille maison m'est venue. Ce n'est pas de la faute d'Henri. C'est la mienne. Je ne voulais pas y aller seule comme tu me l'avais recommandé.

— N'en parlons plus. Demain, une grande journée nous attend, répondit-il simplement.

Logan commença à se déshabiller lorsqu'il se rappela soudain :

— Un certain Jack a téléphoné peu avant midi. Il cherchait à avoir de tes nouvelles. Il voulait savoir ce que tu devenais.

— Jack a téléphoné ! Pourtant je lui avais dit de ne pas le faire !

— Dis-moi. Qui est-ce Jack ?

— Je peux te le dire maintenant. Il est mon ex-fiancé.

Surpris par cette nouvelle, il s'approcha plus près d'elle et lui prit le menton.

— Et quand comptais-tu me le dire ?

— Cette histoire n'a aucune importance. Ne t'inquiète pas. Je continuerai à jouer à être ta fiancée.

Depuis la visite inopinée de cette femme, Morgane avait très mal à la tête. Elle avait très envie de se reposer.

— Et si je n'avais plus envie de jouer ! Si je te demandais d'être ma fiancée, puis ma femme pour la vie, que répondrais-tu ?

— Logan, il est trop tard pour plaisanter sur un tel sujet.

— Réponds-moi. Si je te demandais d'être réellement ma fiancée, que me répondrais-tu ?

Tout en lui caressant la joue, il attendait sa réponse.

— Écoute, tu ne m'as toujours pas dit pourquoi tu voulais que je joue ce rôle, alors comprends-moi, ta question me surprend. Et puis qui est cette femme qui était dans ton bureau ?

— Oh, personne de bien important.

— Je trouve que cette femme est très amoureuse de toi.

— Comment sais-tu cela toi ?

— Je l'ai entendue te parler au travers de la porte de ton bureau.

— Alors comme ça, tu écoutes aux portes.

— Non...

— Je pense que tu es jalouse. Mais ne t'inquiète pas. Je ne ressens rien pour cette femme.

Puis leur discussion se termina par un long baiser. Dans les bras l'un de l'autre, ils s'endormirent paisiblement.

Chapitre 11

La vente des chevaux fut un énorme succès et tous les journaux locaux et nationaux étaient présents. Le haras des Trois Galops conservait sa place parmi les plus grands. Cela faisait un mois que Morgane préparait cet évènement et elle n'avait pas arrêté un instant entre les invitations, les commandes au traiteur, les fleurs et tout ce que nécessitait une telle réception. Cela l'avait épuisé, mais elle avait adoré cela. Pour la première fois, elle s'était sentie utile. Dans quelques heures, les invités prendraient congé et les Trois Galops retrouveraient leur calme.

D'où elle se trouvait, elle pouvait aisément voir sans être vue. La blonde platine de la veille au soir était là aussi. La jeune femme n'avait pas oublié les menaces de celle-ci et elle était effrayée. Morgane devait se l'avouer, elle n'avait jamais eu aussi peur.

Sonia Raymond venait de Paris et avait des parts dans la propriété de Logan Brenner. Elle était en terrain conquis. Elle jouait un jeu dont Morgane ne connaissait pas les règles. Elle avait réussi à l'éviter depuis la veille au soir, mais combien de temps le pourrait-elle encore ?

Logan semblait aux anges et son humeur irascible des derniers jours avait fait place à une gaieté et une bonne humeur que Morgane ne lui connaissait pas. Ils ne s'étaient pas encore vraiment expliqués mais la quête de Morgane arrivait à sa fin. Sonia Raymond ne le quittait pas d'une semelle en se tenant amoureusement à son bras. La jeune femme soupira. Elle n'arrivait pas à comprendre Logan. Ils étaient amants la nuit et étrangers le jour. Cette situation ne pouvait plus durer. Elle n'avait plus qu'à partir et quitter l'homme qu'elle aimait.

La vente était une réussite et elle n'avait plus à jouer son rôle de fiancée. Elle connaissait maintenant la vérité sur l'incendie du haras, mais elle n'avait aucune preuve. Sonia Raymond serait assez maligne pour tout nier en bloc et elle trouverait encore le moyen de faire accuser la jeune femme de méfaits dont elle aurait été l'instigatrice. La boucle était bouclée. Elle apprendrait à vivre sans lui. Machinalement, elle porta la main à son bas-ventre. Une joie immense l'envahit. Elle portait son enfant. Mais jamais il ne devrait le savoir. Dans quelques instants, elle partirait.

Depuis le matin, trois hommes se tenaient près des écuries, mais personne n'avait pu la renseigner sur le pourquoi de leur présence. Ils étaient vêtus tous les trois d'un costume bleu marine et n'arrêtaient pas de marcher de long en large. Il devait sans doute s'agir de journalistes, pensa-t-elle. Un brouhaha plus intense et des applaudissements se firent entendre. Logan Brenner n'allait pas tarder à porter le toast de clôture de la réception. Morgane n'avait nullement envie d'y participer. Sonia saurait mieux qu'elle seconder le maître de maison dans cette tâche qui aurait lieu dorénavant chaque année.

Elle ne comprenait toujours pas pourquoi il lui avait demandé de jouer ce rôle. Elle savait qu'elle n'avait plus rien à faire dans cet endroit qu'elle avait appris à aimer. Discrètement, elle regagna la maison, puis sa chambre afin d'emballer ses affaires dans son vieux sac à dos. Les larmes aux yeux, elle vérifia un à un les tiroirs de la commode ainsi que la penderie. Elle ne voulait rien laisser lui appartenant. Tout ceci ne lui prit qu'une dizaine de minutes. Elle jeta un dernier regard sur la chambre à coucher et descendit discrètement par l'escalier de service. Elle ne voulait rencontrer aucun invité. Elle n'avait plus le choix. Ses amis comprendraient. Elle cacha son sac dans le placard sous l'escalier. Il ne manquait plus que quelques provisions et tout serait prêt. Il y avait une telle effervescence que l'on ne remarquerait pas sa disparition avant un bon moment.

Silencieusement, elle gagna la cuisine et, pendant l'absence de John, se servit quelques sandwichs qu'elle enfourna dans un sac en papier. Le chemin serait long jusqu'à son appartement de Grantham, mais elle y arriverait. Elle se changerait en route. Perdue dans ses pensées, elle n'entendit pas la porte de la cuisine s'ouvrir. Une voix, bien trop connue d'elle, la fit sursauter. Logan se tenait derrière elle.

— Je rangeais la cuisine. Elle en a bien besoin !

— Que fait ton sac à dos sous l'escalier ?

Morgane resta sans voix. Comment l'avait-il trouvé ?

— Un de nos invités cherchait son chapeau et c'est comme cela que je l'ai trouvé. Pourquoi ? Pourquoi ? s'énerva-t-il.

— Comme par hasard, tu le trouves du premier coup ! Tu me fais surveiller ou quoi ? De toute façon, tu ne pourras pas m'empêcher de partir !

La jeune femme, tout en prononçant ces paroles, recula contre le mur et se retrouva rapidement coincée entre le réfrigérateur et le buffet. Logan en profita pour lui attraper le bras d'une main et le menton de l'autre puis il l'embrassa sauvagement. Morgane avait beau se débattre, il ne la lâchait pas et elle dut se soumettre à ce baiser tout en essayant de rester de marbre. Ne sentant plus aucune résistance de sa part, doucement, il la libéra. Elle en profita pour se réfugier à l'autre bout de la pièce.

— Je veux quitter cette maison ! commença-t-elle.

— Je ne te laisserai pas partir comme ça !

Logan était hors de lui.

— Je suis libre ! Tu n'as aucun droit de me retenir ici ! hurla-t-elle.

— Cela suffit maintenant ! J'ai une surprise pour toi. Tu vas me suivre afin que je puisse présenter ma ravissante fiancée à tous mes invités. Ils comptent sur toi aussi. Je n'aurai jamais réussi tout cela sans ton aide. La vente a été une réussite totale.

Mais Morgane ne semblait toujours pas convaincue. Logan s'approcha d'elle à nouveau et avec un sourire qui n'avait rien de bon, il lui intima l'ordre de le suivre. Elle ne bougeait toujours pas. Énervé par sa conduite, il l'attrapa par le bras et la traîna derrière lui.

— Je suis assez grande pour marcher toute seule ! cria-t-elle.

— Tu ne m'as guère prouvé jusqu'à ce jour que tu étais adulte !

Puis il la lâcha brusquement. Sous l'effet de la surprise, elle faillit tomber.

— Tu me paieras ça ! grommela-t-elle.

Mais il ne sembla pas avoir entendu. Il réajusta sa veste de costume et lui prit le bras afin de la conduire dans la salle de réception. Un brouhaha martelait la pièce. Les invités mangeaient, buvaient tout en discutant avec les uns et les autres. Le buffet était aussi un succès. D'un geste de la main, Logan obtint le silence et il convia les invités à se rassembler devant la table d'honneur. Sonia qui se trouvait non loin de là en profita pour venir se glisser rapidement près de lui.

— Mes chers amis, commença-t-il. Ne vous inquiétez pas. Ce n'est pas un discours que je m'apprête à faire, mais j'aimerais vous présenter ma fiancée.

Morgane ne le quittait pas des yeux, tandis que Sonia se lovait contre lui, un sourire victorieux aux lèvres. Pourquoi toute cette mascarade puisqu'il allait épouser Sonia. Il l'avait contrainte à assister à cette annonce publique. La jeune femme fut prise d'une envie de pleurer, mais elle ne devait rien montrer. Elle devait rester là et attendre que ce cauchemar cesse.

— Je voudrais vous présenter Morgane, la femme que j'aime et que je vais épouser très rapidement.

Cette dernière annonce fit rire les personnes présentes. Puis il attira la jeune femme contre lui, écartant ainsi, publiquement, Sonia Raymond.

D'un geste rageur, celle-ci recula et fixa de ses prunelles glacées la jeune femme. Son regard ne présageait rien de bon et Logan semblait ne s'être aperçu de rien et souriait à sa future femme. Il lui prit la main et l'enlaça tendrement sous les applaudissements des invités. À quel jeu jouait-il ? pensa-t-elle. Et pourtant, elle ne pouvait qu'acquiescer devant tout ce monde qui les regardait. Les invités portèrent un toast en l'honneur des futurs mariés et vinrent les féliciter. Morgane les regardait sans réagir. Ce n'était pas possible, elle avait mal compris. Ce n'était pas elle qu'il voulait épouser, mais la belle Sonia.

Morgane avait peur de cette femme et elle sentait redoubler cette peur devant la haine qu'elle pouvait lire sur son visage. Elle se laissa embrasser par l'homme qu'elle aimait en secret et se serra davantage contre lui. Elle avait hâte que tout cela se termine. Hâte de prendre son sac et de quitter à jamais cet endroit.

La nuit se fit plus fraîche et les invités gagnèrent le salon. Morgane était toujours pendue au bras de son fiancé. Elle tenta plusieurs fois de se soustraire à son emprise, mais il la maintenait toujours fortement contre lui. Elle souriait telle une poupée dès que les circonstances le lui commandaient. Ces fiançailles devaient avoir l'air réel et pour cela il n'hésitait pas à l'embrasser. Puis trois personnes se présentèrent à eux afin de les féliciter. Il s'agissait de Jack, et Mesdames Spilder et Corley. Logan avait invité les trois amis. Que faisaient-ils ici ? La jeune femme en resta muette quelques instants. La surprise était de taille, mais passé ce moment, elle se jeta à leur cou et les embrassa tous les trois. Elle riait et pleurait à la fois puis un vieux monsieur s'approcha d'eux. Il avait très largement atteint les quatre-vingts ans et semblait connaître la famille Brenner depuis très longtemps.

— Mon cher Logan. Je suis vraiment très heureux. J'ai eu peur à un moment, mais me voilà rassuré. Ton père serait fier de ton choix. Ta fiancée est vraiment magnifique.

Il sembla à Morgane que le vieil homme la regardait bizarrement.

— Je vais vous paraître très impoli, mademoiselle, mais il me semble que votre visage m'est familier. Vous ressemblez à une personne que j'ai connue il y a longtemps. Qui cela peut-il donc être ? Cela va me revenir.

Le vieil homme semblait vraiment peiné de ne pouvoir se souvenir de la personne en question et de l'avis de Morgane, c'était peut-être aussi bien comme cela. Puis il prétexta une envie de boire un verre et se dirigea vers le buffet. Ouf, un instant de plus et Logan aurait su la vérité. Morgane était toujours aussi inquiète, mais cela ne semblait nullement affecter Logan qui discutait avec les deux vieilles dames comme de vieux amis. Jack, par contre, ne l'avait pas quitté des yeux.

— Tu ne m'en veux pas trop pour les fiançailles, commença-t-elle.

— Un peu, mais avec le temps, j'oublierai. Je ne désire que ton bonheur. Mais changeons plutôt de conversation. Tu nous as fait une belle peur hier.

— Comment cela hier !

— Nous sommes arrivés hier, en début d'après-midi. Logan ne voulait pas que les vieilles dames soient trop fatiguées pour assister à l'annonce de vos fiançailles.

— Mais je n'en savais rien.

— Tu l'aurais vu. Il était fou d'inquiétude à l'idée qu'il te soit arrivé quelque chose.

— Tu sais Jack, il faut que je t'avoue quelque chose.

Mais elle n'en eut pas le temps. Logan venait de revenir.

— Alors mon cher Jack, je ne me montrerai pas trop jaloux pour cette fois.

Puis, les deux hommes se serrèrent la main en signe d'amitié. Logan en profita pour tenir la jeune femme par la taille.

— J'ai une surprise pour toi.

— Ah !

— Tu ne meurs pas d'envie de savoir ?

— Vas-y ! Je t'écoute.

— J'ai une nouvelle pensionnaire aux écuries. Une certaine Lady. À cette annonce, Morgane sauta de joie. Cela faisait plus d'un mois qu'elle n'avait vu sa pouliche et elle n'avait plus qu'une envie, laisser tout ce monde pour la retrouver.

Elle s'excusa auprès de ses amis et se dirigea vers les écuries. À la joie de retrouver Lady, Morgane ne se méfia pas et se retrouva, bientôt, nez à nez avec Sonia. Le moment de surprise passé, elle se reprit. Il ne fallait surtout pas lui montrer qu'elle lui faisait peur, même très peur. Elle fit un détour afin d'éviter celle qu'elle n'aimait pas. Mais l'autre fut plus rapide et lui barra le chemin des écuries.

— Belle nuit, s'entendit-elle dire.

Le moment n'était plus aux mondanités. La hache de guerre était déterrée. Elle empêchait toujours Morgane d'accéder aux stalles et ne disait mot. Elle continuait de fumer sa cigarette malgré l'interdiction qui en était faite si près des chevaux. Pourtant, cette interdiction ne la dérangeait nullement. Elle était là, narguant la jeune femme en tirant d'énormes bouffées de fumée de son mégot presque consumé. Elle ne quittait pas Morgane de ses yeux emplis de haine. La jeune femme, étourdie par ce regard fit un pas en arrière.

— Où allez-vous ?

Sonia venait de jeter son mégot sur le sol sans même l'écraser.

— J'ai à vous parler, continua-t-elle.

Morgane ne bougeait pas. Elle s'attendait au pire.

— Vous croyez avoir gagné, mais il est à moi ! Cela fait assez longtemps que j'attends qu'il oublie toute cette histoire ! Je n'ai pas dit mon dernier mot ! C'est grâce à moi s'il s'en est sorti ! J'étais là près de lui. C'est grâce à moi, vous m'entendez ! C'est grâce à moi ! hurla-t-elle dans la nuit.

La peur paralysait Morgane et elle ne pouvait pas fuir.

— Ce n'est pas la petite fille d'Edgar Willis qui m'empêchera d'atteindre mon but ! Il a déjà essayé une fois et il a su ce que cela coûtait de me faire obstacle ! Il a été accusé d'avoir mis le feu. C'est si facile de faire accuser une personne à sa place !

Sonia était devenue complètement folle puis sans prévenir, elle se jeta sur Morgane, lui griffant le visage. Cette dernière se dégagea tant bien que mal. Son visage la faisait souffrir. Elle ne pensa plus qu'à une chose, s'enfuir au plus vite. Elle courut vers l'entrée des domestiques. Elle n'avait plus rien à faire ici. Elle prit son sac qui était resté dans la cuisine et s'enfuit dans la nuit.

Chapitre 12

La nuit avait changé le paysage. Morgane, malgré le clair de lune, ne reconnaissait même pas les arbres qui entouraient le domaine, tant son affolement était grand. Elle devait à tout prix s'éloigner de la route qui menait au haras et continuer par la campagne. Elle éviterait ainsi les voitures des invités qui quittaient la réception. Oublier à jamais ces lieux, qui avaient détruit son grand-père et qui voulaient la détruire à son tour, était la meilleure décision qu'elle pouvait prendre. Sonia Raymond avait juré sa perte et elle n'hésiterait pas à l'éliminer. Essoufflée par sa course folle, elle prit le temps de se retourner. Elle ne voyait pratiquement plus les lumières du domaine. Elle pouvait donc ralentir son allure et se reposer un instant. Elle n'avait pas eu le temps de se changer et sa robe la gênait dans ses mouvements. Elle ne pouvait en changer maintenant. Il faudrait encore attendre un peu. Elle n'avait plus qu'un but. Atteindre la vieille maison de son grand-père. Là, elle se sentirait à l'abri.

Les griffures sur son visage la faisaient souffrir. Mais ce qui l'inquiétait le plus, c'était de laisser sa pouliche, Lady. Elle était en danger. Cela, Morgane en était certaine. Sonia avait mis le feu dix ans plus tôt, elle recommencerait. Alors pourquoi accusait-on toujours son grand-père ? Le pauvre homme avait assez souffert comme cela. Que de pensées sombres se bousculaient dans sa tête. La journée avait été longue et elle n'en pouvait plus.

Se diriger dans l'obscurité n'était pas aussi facile qu'elle l'avait imaginé. Rien aux alentours, aucune ferme, aucune maison. Le paysage était lugubre en cette nuit et il lui paraissait de plus en plus hostile à mesure qu'elle avançait. Las de cette course folle. Elle ne prit pas garde et son pied heurta la racine d'un arbre. Elle tomba la tête la première contre le tronc de celui-ci et s'écroula, à moitié assommée par le choc, au milieu d'un taillis. Elle essaya de se relever, mais elle n'en eut pas la force. Elle perdit connaissance, une plaie ensanglantée lui barrant le front, seule au milieu de nulle part.

Pendant, ce temps, Sonia, satisfaite d'avoir pu éloigner sa rivale, regagnait la réception. Avec un petit rire hystérique, elle lissa sa chevelure blonde et d'un pas décidé, comme si rien ne s'était passé, elle se mêla aux derniers convives. Elle avait ainsi un parfait alibi : elle n'avait pas quitté un seul instant la salle de réception. Elle avait encore une fois gagné pour protéger son bien, le domaine. Et Logan lui appartenait et aucune femme ne le lui prendrait. Elle se l'était jurée, il y avait de cela bien longtemps maintenant.

Soudain la cloche d'incendie se mit à tinter de plus en plus fort. Des cris d'hommes jaillirent de partout. Les invités affolés sortirent dans la cour d'honneur. Les chevaux hennissaient de terreur face au feu et tentaient de leurs sabots de défoncer les portes des stalles. Les flammes montaient rapidement haut dans le ciel et se propageaient rapidement vers le reste du domaine.

Logan Brenner, au péril de sa vie, aida ses hommes à sortir les chevaux. Depuis le dernier incendie, le domaine s'était équipé du matériel nécessaire pour combattre le feu et celui-ci ne fut pas trop long à être maîtrisé. Mais ce ne fut qu'au petit matin, qu'épuisés de fatigue, que les hommes aidés des pompiers réussissent à éteindre les dernières flammèches. Le domaine avait été sauvé, une seconde fois.

Le visage noirci par la fumée, les hommes regagnèrent leurs appartements. Les chevaux avaient été relogés dans d'autres stalles. Et Lady n'avait rien. Soulagé d'avoir évité le pire, Logan Brenner regagna son bureau.

John, aux aguets, lui apporta aussitôt une tasse de café.

— Merci John.

Le propriétaire des lieux était méconnaissable. Le visage et les bras noircis par la fumée, le costume déchiré, il s'était assis dans son fauteuil.

— Monsieur, je voulais vous parler hier au soir, mais avec l'incendie…

Surpris, Logan Brenner leva les yeux et fixa le vieil homme qui triturait son chapeau.

— Parlez John !

— C'est à propos de Mademoiselle Morgane. Elle est partie.

— Comment cela ? Elle est partie ? Expliquez-vous !

Le ton de Logan Brenner avait monté de plusieurs crans.

— Ne voyant plus Mademoiselle Morgane, après l'annonce de vos fiançailles, je suis monté voir si elle n'avait besoin de rien. J'ai eu beau frapper à la porte de sa chambre, mais elle ne répondait pas. Alors je suis entré.

— Alors, John !

Alarmé par cette nouvelle, Logan se mit debout. Il était maintenant sur ses gardes. Quelque chose était arrivé à Morgane. Il s'attendait au pire.

John s'arrêta quelques secondes afin de reprendre son souffle puis continua.

— Il n'y avait personne dans la chambre et la fenêtre était grande ouverte. J'ai donc voulu la fermer et c'est à ce moment que j'ai entendu une dispute entre Mademoiselle Morgane et Mademoiselle Sonia. Cette dernière l'a menacée et l'a frappée. Le temps de descendre vous prévenir, il n'y avait plus personne. Et puis l'incendie s'est déclaré.

À ces mots, Logan Brenner fronça les sourcils et fit basculer son fauteuil de colère.

— Pourquoi ne m'avez-vous pas prévenu aussitôt ? hurla-t-il.

— J'allais le faire, mais le temps de descendre, votre fiancée n'était plus là et vous étiez introuvable.

— Vous êtes certain qu'elle a quitté les Trois Galops !

— Oui, monsieur. J'ai demandé à ses amis de m'aider, répondit Simon d'une voix basse.

— Faites préparer ma jeep ainsi que quelques vivres et prévenez les trois inspecteurs ! Vous leur raconterez tout ce que vous m'avez dit. Je pars à la recherche de ma fiancée ! Elle ne doit pas être bien loin.

Pendant ce temps, Morgane, à plusieurs reprises, avait tenté de se relever, mais en vain. Un mal de tête lancinant lui martelait les tempes. Elle tenta à nouveau de se remettre sur pieds, mais son corps ne semblait même plus vouloir réagir.

Dans les arbres, les oiseaux chantaient. Elle porta la main à son front et gémit au contact de ses doigts sur la blessure. Elle tenta désespérément de discerner ce qui l'entourait. Mais rien, toujours cette obscurité. Elle se mit à pleurer. Elle ne voyait plus. Tant bien que mal, elle se traîna sur l'herbe. Le moindre bruit dans les taillis la faisait sursauter. Elle cria pour se faire entendre, mais le silence fut la seule réponse à ses sanglots. Épuisée par ces efforts, elle s'évanouit de nouveau. Elle ne sut combien de temps elle resta ainsi, mais l'air lui sembla plus frais lorsqu'elle reprit connaissance. Elle rampa de nouveau sur le sol et après maints efforts, elle réussit à s'agripper au tronc d'un arbre. Grâce à cet appui, elle put se mettre debout. La tête lui tournait, mais elle décida quand même d'avancer à tâtons. Elle ne pouvait rester là. Elle avait froid, faim et mal à la tête. Soudain, elle discerna un bruit de moteur qui approchait de plus en plus. Elle reconnut le bruit d'une Jeep. La Jeep de Logan.

— Je suis là, cria-t-elle.

Puis, saisie par un sentiment de peur, elle se laissa tomber sur le sol. Et si ce n'était pas Logan, mais Sonia. La panique l'envahit. Elle se releva alors très vite malgré son état et se mit à courir au risque de se blesser plus gravement. Des bruits, des pas, qui la poursuivaient dans sa folle course. Elle avait beau crier, on la suivait toujours. Soudain une main s'abattit sur son épaule. Elle hurla et sombra, dans le néant, dans des bras inconnus sans entendre les paroles que son poursuivant prononça.

— Mon amour, n'aie pas peur. Ce n'est que moi. Logan.

Chapitre 13

Morgane ouvrit doucement les yeux et reconnut aussitôt la chambre qu'elle occupait aux Trois Galops. Elle faisait encore de nombreux cauchemars et elle ne pourrait de sitôt oublier cette fameuse nuit. Après une semaine de repos, elle avait recouvré la vue et pratiquement toutes ses forces. Elle tourna doucement la tête vers l'horloge qui se trouvait sur la cheminée. Il était onze heures du matin. Elle porta doucement sa main à sa tête recouverte d'un bandage. Un cri de douleur lui rappela ces moments de tourmente qu'elle désirait bannir de son esprit. Tour à tour, Mesdames Spilder et Corley se relayaient à son chevet. Et en ce moment, Madame Spilder dormait paisiblement, un livre sur les genoux. Elle s'était assoupie. Ce qui amena un sourire sur les lèvres de la jeune femme. Un léger coup fut frappé à la porte et elle s'ouvrit doucement. Logan entra. Le visage toujours aussi inquiet, il la regarda puis sourit.

— Comment vas-tu ce matin ?

Ayant aperçu la vieille dame endormie, il baissa le ton. La jeune femme le regarda un long moment et répondit :

— Il me semble qu'un rouleau compresseur m'est passé dessus et je ne suis même plus capable de réfléchir tellement ma tête me fait souffrir.

— Avec quatre points de suture au front, cela ne m'étonne pas. Repose-toi. Tu ne risques plus rien maintenant. Et ne t'inquiète pas pour lady. Elle va très bien et adore sa nouvelle maison.

À cette annonce, Morgane sourit et ferma les yeux. Doucement, Logan s'approcha d'elle et déposa un baiser sur sa bouche puis, il sortit sans faire de bruit. Le sourire aux lèvres Morgane se rendormit.

Cela faisait maintenant deux semaines qu'elle était alitée. Elle commençait sérieusement à s'ennuyer. Un matin, après le passage du médecin, elle eut enfin l'autorisation de se lever. Heureuse, elle s'habilla et descendit dans la cour pour respirer l'air frais des Trois Galops qui lui avait tant manqué. Que ne fut pas sa surprise de constater que les écuries n'étaient plus qu'un tas de cendre. Que s'était-il donc passé ce fameux soir, après sa fuite ? La jeune femme n'en avait plus aucun souvenir. C'était le noir le plus complet. Le choc de la chute avait causé une amnésie temporaire et le médecin lui avait garanti qu'avec beaucoup de repos, elle retrouverait la mémoire.

Attristée par un tel gâchis, elle ne vit pas Logan venir vers elle.

— Que fais-tu debout ? demanda-t-il d'un air inquiet.

— Je me sens beaucoup mieux et le médecin m'a autorisé à me lever. Je meurs d'envie de voir Lady. Mais que s'est-il passé ? continua-t-elle en lui montrant la désolation qu'étaient maintenant les écuries.

— Viens Morgane. Nous avons à parler.

Il la prit par les épaules et la conduisit vers le salon.

— Veux-tu un café, un thé ?

— Dis-moi d'abord ce qu'il s'est passé, le supplia-t-elle.

— Tu ne te souviens de rien ?

Elle lui répondit par un signe négatif de la tête. Logan la fixa un instant puis s'installa dans un des fauteuils face à celui de la jeune femme.

— John a surpris ta conversation avec Sonia près des écuries. C'était juste avant ton départ. Elle te haïssait d'autant plus que je t'avais choisie comme ma future femme. Au début, je t'ai demandé de jouer ce rôle de fiancée afin de lui faire renoncer au projet qu'elle s'était mis dans la tête : devenir la maîtresse des Trois Galops. Il y a dix ans, lorsque le domaine a brûlé, causant une crise cardiaque fatale à mon père, j'ai eu des soupçons à son égard. Elle avait de l'argent, beaucoup d'argent, je n'ai jamais réussi à savoir où elle se le procurait. Mais, grâce à elle, après le décès de mon père, j'ai réussi à redonner vie aux Trois Galops. Il y a un mois, j'ai reçu un appel de la police. Elle était recherchée pour extorsion de biens. Sonia était aux abois et c'est pourquoi elle est venue se réfugier aux Trois Galops, espérant devenir ma femme. C'est pourquoi, lors de notre rencontre, je t'ai demandé de jouer le rôle de ma fiancée. Lorsque Sonia est arrivée au domaine pour la vente, je n'avais pas encore assez de preuves, mais la police française en avait, elle, assez pour l'arrêter. Trois inspecteurs étaient présents le jour de la réception. Elle se sentait traquée. C'est pourquoi, peu avant le drame, j'ai officialisé nos fiançailles.

— Mais qu'est-il arrivé aux écuries ?

— J'y viens. Suite à l'incendie et à ta disparition, la police l'a questionnée. C'est en te voyant, sans connaissance dans mes bras, qu'elle a déversé tout son fiel.

Morgane buvait littéralement toutes ses paroles.

— Notamment, qu'elle avait mis le feu aux écuries le soir de la réception, mais aussi dix ans plus tôt.

Puis Logan se leva et se servit une tasse de café.

— Et après que s'est-il passé ?

— Elle a même avoué qu'elle avait provoqué l'infarctus de mon père parce qu'il refusait de l'épouser, termina-t-il d'un ton las.

— Où est-elle maintenant ?

— Elle est en prison. Elle sera jugée et mise, probablement dans un asile psychiatrique pour le restant de ses jours.

Morgane ne quittait plus Logan des yeux, les pensées en ébullition. Logan l'observait en silence.

— Et le vieil homme qui avait été accusé à sa place ?

— Malheureusement, il est mort depuis peu. Faute de preuves, je ne pouvais l'en sortir. Tout accusait le vieux Willis. Elle lui faisait miroiter le mariage, en a profité pour le faire boire et lui a volé sa fortune. Ainsi tout l'accusait. Ce qui justifiait sa présence le soir de l'incendie, c'est qu'il essayait de sauver les chevaux. C'est tout. Je me demande pourquoi l'histoire d'un vieil homme t'intéresse tant ?

— Je n'aime pas voir les gens être accusés sans raison, rétorqua-t-elle.

Elle soupira et se sentit beaucoup mieux. Logan ne la quittait pas des yeux et elle se sentait de moins en moins à l'aise.

— Morgane, commença-t-il d'une voix rauque en s'approchant d'elle, j'étais fou à l'idée de te perdre et lorsque je t'ai retrouvée inconsciente. Je t'ai crue morte. Je t'aime et jamais je ne pourrai te laisser repartir.

Il la regardait, attendant un signe de sa part.

— Oh ! Logan, j'ai cru mourir mille fois, sanglota-t-elle. Et je t'aime tellement.

Il la prit dans ses bras et la serra tendrement contre lui.

— Ma chérie. Je suis tombé amoureux de toi au premier regard.

Doucement, il prit ses lèvres et l'embrassa.

— Oh ! Logan, je croyais que tu allais l'épouser et que tu avais oublié nos folles nuits d'amour. Je t'aime tellement et j'aime tellement cet endroit. Je m'y sens chez moi comme nulle part ailleurs.

— C'est normal, ma chérie. En tant que petite fille d'Edgard Willis, tu as le même sang qui coule dans tes veines. Celui de l'amour des chevaux.

L'effet de surprise ne se fit pas attendre.

— Comment le sais-tu ?

— Tu ressembles tellement à ton grand-père. Il me parlait de toi et m'a même montré des photos. Tu n'étais qu'une petite fille, mais tu as gardé certains traits de ton enfance. Et puis, j'étais là le jour de l'enterrement.

— C'était donc toi qui allais le voir et payais son hospitalisation !

— Oui, c'était moi mon amour. J'ai toujours su que ce que tu étais venue chercher aux Trois Galops.

L'honneur de ton grand-père sera rétabli. Je te le promets.

— Oh, Logan. Je t'aime tellement. Tu es l'homme de ma vie.

— Morgane Willis, acceptes-tu d'être mon épouse pour le meilleur et pour toujours.

— À une seule condition, que tu acceptes que mes deux vieilles amies restent vivre avec nous, ainsi que Malcom. Ça manque terriblement de femmes ici. Je voudrais que l'on fasse restaurer la vieille maison. Elle sera le symbole de notre amour et en même temps, j'aimerai faire plaisir à mon grand-père.

— D'accord. Tout ce que tu veux ma chérie.

— Et puis j'ai autre chose à t'annoncer. J'espère que tu ne seras pas fâché.

— Pourquoi serais-je fâché ? Tu ne caches pas un autre fiancé au moins.

— Non, cela n'a rien à voir. Tu vas être papa.

— Et tu m'as caché ça. Une telle nouvelle ne pouvait me faire plus plaisir. Je t'adore ma bien-aimée. Je vous adore tous les deux.

Puis ils scellèrent leur amour d'un doux baiser. Les Trois Galops avaient enfin retrouvé la paix et les cendres d'Edgar Willis pourraient être dispersées sur le domaine.